UNDER YTAN

av

Ralf Skörvald

© 2018 Ralf Skörvald
Förlag: BoD – Books on Demand, Stockholm, Sverige
Tryck: BoD – Books on Demand, Norderstedt, Tyskland

ISBN: 978-9-1769-9986-8

Kapitel 1

Mitt huvud bultade som en stånghammare och en konstig lukt steg upp i min näsa. En blandning mellan svamp och gammalt ruttet trä. Jag försökte öppna mina ögon men något klibbigt verkade ha klistrat igen dem. Var var jag? Vad hade hänt? Minnet av tidigare timmar verkade ha suddats ut. Långt borta hördes mullret från ett åskoväder som drog bort. Hur länge hade jag legat här?

Sakta började minnet arbeta. Hade jag legat här hela natten och halva dagen? Långsamt försökte jag åla mig fram och bli fri från hindret där uppe. Armarna var snart fria så jag kunde rensa mina ögon. Nu kunde jag kanske komma upp ur vad det nu var som jag hade hamnat i. Jag försökte sticka upp huvudet och se mig omkring. Det var något som fortfarande skymde blicken men jag tyckte mig skymta en skepnad där ute på ängen.

"Jaså du *kan* röra på dej din jävel", hördes en knarrig stämma. "Då finns det fortfarande liv i den där snoken! Nästa gång kanske du inte har samma tur."
"Hallå, vem är det? Kan du hjälpa mej att komma ut?" kved jag.

Men nu var det tyst igen. Tyst som i graven. Det verkade som om någon hade hoppats att jag hade hamnat i den sista vilan. Vem det nu än var så kunde jag inte räkna med någon hjälp därifrån. Jag tyckte att mögellukten nu hade blivit starkare men det var väl kanske inbillning. Jag kände att jag sakta gled in i mörkret igen.

Kapitel 2

Jag gick glad och upprymd på den dammiga grusvägen från bussstationen mot den lilla byn. Jag hade äntligen tagit mig i kragen och beslutat börja med det där projektet som legat och gnagt i mig sedan många år tillbaka. Jag ville skriva något eller hitta på ett underlag till en ny spelidé eller få ur mig en historia som bara legat och gnagt i huvudet. Jag mindes att det var roligt att skriva uppsatser i skolan och att läraren tyckte de var bra.

Jobbet var precis i en sådan svacka som gjorde det möjligt för mig att ta långledigt över sommaren. Jag hade letat i lokalpressen om sommarhus för uthyrning. Jösses vad pengar man ville ha, bara för en vecka! Det blev nog till att tälta. Men jag behövde ju inte det här med bad och kustnära, eller ens sjönära. För varje tiotal meter närmre vattnet steg priset med en tusenlapp. Men jag ville bara ha tak över huvudet så jag kunde ägna mig åt det som jag inte riktigt visste vad det var, men som ändå låg som en hägring och en gnagande utmaning en bit framför mig.

Det blev lite snack om detta på firman. Någon i gruppen som ägde ett sjönära hus tyckte att man naturligtvis drog in så mycket hyrespengar man kunde under sommarsemestrarna om man inte utnyttjade det själv. Pengar behövde man ju alltid. Tyskarna kunde ge i princip vad som helst för att få komma till den svenska idyllen i ett litet hus vid en sjö och ha sina båtar och kanoter med sig. Det verkade som de var helt immuna mot myggor och knott. Gränsen för hyreskostnaden gick där någon inte längre var beredd att betala.

Min arbetskamrat Bengt tipsade mig om ett ställe han hade kört förbi under ett av sina uppdrag. Det såg inte bebott ut sa han, där det låg i utkanten av den lilla byn långt från sjö och hav. Han visste bara att byn hette Mörkullen. Resten fick jag själv ta reda på. "Det finns ju internet", påpekade han.

Jag letade upp den största orten i närheten, Malmbäck, och ringde Postkontoret där. Jodå. Mörkullen ingick i deras område, och adressorten var Malmbäck. Jag fick ett postnummer som gick dit. Jodå, det var lantbrevbäring.

Efter mycket Googlande fick jag fram ett namn som hade adress med det uppgivna postnumret. Arne Rydh, Malmbäcksvägen. Det borde ligga mitt i byn.

"Hallå!?" Svarade en myndig röst när jag slog numret.

"Ja goddag. Är det Arne Rydh?"

"Jag ska inte ha något och jag är ansluten till Nix! Förbaskade människor som inte kan respektera detta!"

Jag fick luren rakt i örat. Det var egentligen inte så konstigt efter-som de flesta okända påringningarna idag kommer från mer eller mindre seriösa telefonförsäljare. Det är så mycket vi behöver för att vara lyckliga tror man. En ny mobil varje år är ju gratis, och man får ju denna bara för att man har rätt operatör som det heter. Ja, många är skickliga på att "operera" i ens tankar och hjärna. Jag tog mod till mig och ringde igen. Jag visste ju att det var Arne som svarade.

"Du har kommit till Arne Rydh. Vad kan jag hjälpa dej med?" sa en kvinnlig röst.

"Jag talade med Arne förut", sa jag, "men det går lika bra, eller kanske bättre, med dej?"

"Vem är det jag talar med?" sa den kvinnliga rösten.

"Hrrm förlåt", sa jag. " Jag heter Sven, och söker kontakt med någon i Mörkullen som vet om någon vill hyra ut det tomma huset där."

"Ja, jag heter Greta och arbetar inom hemtjänsten. Jag bor inte i byn så jag kan nog inte hjälpa dej men Arne känner nog de flesta i byn, men han sitter just nu på toaletten. Kan du ringa lite senare?"

"Ja det går nog bra, men förra gången jag försökte tala med honom fick jag luren i örat. Du kan kanske säga att Sven har ringt och kommer att ringa igen. Jag är ingen försäljare utan söker sommarhus i Mörkullen."

"Ja det ska jag göra", sa Greta och lade på luren.

Jag ringde Arne Rydh igen efter en timme. Jag hoppades tiden räckte för toalettbesöket.

"Hallå!" ett muttrande hördes.

"Hej, mitt namn är Sven, och jag skulle vilja tala med er om hus i byn."

"Jaså är det försäljaren nu igen!"

"Nej, nej, jag är ingen försäljare", försäkrade jag. "Jag bad Greta tala om mitt ärende."

"Jaha, jaså. Du vill köpa hus här. Är du mäklare eller nåt? Det finns inga hus till försäljning som jag känner till!"

"Nej, jag skulle bara vilja hyra en sommarstuga eller dylikt under sommaren. Min arbetskamrat körde förbi ett obebott hus i utkanten av byn för nån månad sedan."

"Jaså du har arbete. Det är ju alltid något. Vi har så många kringstrykare här redan, tattare å sånna."

"Jag undrar om jag skulle kunna få telefonnumret till den som äger huset, om ni vet vilket hus jag menar?"

"Ni och ni. 'Ni' känns snart som ett skällsord och används istället för gubbjävel. Säj du du. Vi har ju snart lärt känna varandra, he, he." Han skrattade lite mer förtroligt, uppfattade jag det som.

"Ja, änkan Hagberg har ju inte bott i sitt hus på länge", fortsatte han. "Det är det enda huset som står obebott som jag känner till. Hon bor nu på ett hem i Malmbäck. Jag tror att hennes granne Per Svensson tittar till huset. Men det är inte mycket med den gamla stugan. Hon drog aldrig in vatten i huset, vad jag har hört. Men jag har kanske fel, kommunen gick nog in och anslöt hennes hus med vatten och avlopp när dom inte hade nån plats att ge henne på hemmet. Men sen fick dom ju ge henne en plats ändå. Jag vet inte hur det gick till."

8

Arne tog en andhämtningspaus och fortsatte.

"Elektricitet har hon nog, men hon har alltid eldat i kamin och köksspisen för värmens skull." Han gjorde en ny paus och mumlade något ohörbart.

"Jag skall tala med Per. Jag vet inte om han har telefon så du får återkomma!"

Han lade på luren utan att ge mig en chans att svara. Ja, ja. Han var väl van vid att bestämma. Jag fick väl vänta någon dag och ringa igen men nu börjar det närma sig maj månad. Jag skulle helst vilja få tag i något ställe innan april månads slut. Jag kanske skulle prova att hitta något objekt någon annanstans.

Om jag hade följt den tanken så hade den kommande sommaren kanske sett helt annorlunda ut både på gott och ont.

Kapitel 3

Jag ringde Arne Rydh igen nästa dag. Han hade talat med Per Svensson, grannen till änkan Hagbergs hus. Det var bra om det kom någon och skötte om huset under sommaren så behövde han inte bry sig om det, hade han sagt. Änkan Hagberg hade säkert inget emot att huset hyrdes ut. Det kunde kanske bli lite pengar till henne? Jag kunde komma till huset närhelst det passade mig men helst så fort som möjligt. När jag kom dit skulle jag ta kontakt med grannen Per och göra upp kontrakt och dylikt.

Således kom jag, glad över att det ordnat upp sig, vandrande på den dammiga och solvarma grusvägen mot mitt sommarparadis där jag kunde utveckla mina idéer om dataspel eller skriva en bok eller vad det nu skulle bli. Vägen ringlade sig genom landskapet som en brun, dammig orm genom dalar, uppför kullar, och där nedanför på en slät bit av landskapet bredde den lilla byn ut sig med hus längs vägen och en och annan avstickare med mindre vägar till lite större hus som hade uthus och lador som sällskap.

En del hus var byggda i sten, men här och var lyste den svenska röda stugan i trä upp med sina vita knutar och fönsterkarmar. Det fanns även trähus som behövde lite omsorg vad avsåg måleriarbeten. Jag kikade på det första huset. Det såg ombonat och trevligt ut med rutiga gardiner och pelargonior i olika färger i fönstren. Utanför stod en trehjulig cykel som med de dubbla bakhjulen nog var ett uppskattat stöd för en gammal människa som behövde hjälp att hålla balansen. Jag antog att det inte var det huset som var tomt och redo för mitt tillträde.

Jag fortsatte genom byn och tittade nyfiket och omsorgsfullt på husen jag passerade. Ganska tomt på människor. Jag såg några ansikten skymta bakom fönsterglasen här och där. Husen låg för det mesta på södersidan av vägen, så uteplatser och terrasser fanns säkert på andra sidan, där man kunde sitta ostört och dricka kaffe och lapa sol när man ville.

Framför det näst sista huset stod en man. Han var klädd i rutig skjorta och blå arbetsbyxor. Det var svårt att avgöra hur gammal han var, men det gula håret började bli grått vid tinningarna. Han såg vänlig ut med sina cockerspanielögon och den leende munnen.

"Hej! Du måste vara Sven!" utropade han, "och du vill hyra änkan Hagbergs stuga förstår jag! Jag anade att du skulle komma med trebussen för nästa buss kommer så sent."

"Ja hej!" sa jag. "Ja det är mej du väntat på. Jag antar att du är Per Svensson? Hoppas jag inte varit till något besvär?"

"Å nej då! Här e man bara glad när nåt händer, fast helst nåt glatt! Gustavs hjärtbesvär var ju visserligen en händelse", han pekade med hela handen mot det putsade grannhuset, "fast inte så rolig. Nu har jag inte nån att sitta och snacka med. Men han kommer väl hem från lasarettet nån gång hoppas jag. Ska vi gå in och titta på stugan då?" frågade han och pekade på sitt andra grannhus, som var ett trähus med en sliten fasad. Kulören var svårbestämd.

"Ja tack." Detta är nog en man som tycker om att prata, tänkte jag.

"Ja, då går vi väl in då", sa Per Svensson. "Ja det ser väl inte mycket ut för världen. Gräset och trädgården har jag inte brytt mej om, ja inte nåt i trägår'n över huvud taget. Det vissnar ju ändå till vintern, ha, ha!" småskrattade han och släntrade över den lilla grusvägen som ledde mot huset.

Vi gick genom den gistna och halvöppna grinden in i en vildvuxen trädgård. Jag är inte mycket för växter, så jag kunde nog inte vara till någon större hjälp med att rensa och klippa, men det var kanske inte meningen heller. Jag fick väl höra vad som förväntades av mig under hyrestiden. Det gick en upptrampad stig genom det höga gräset som växte på vad som en gång varit en grusgång och ledde fram till en ytterdörr. Den hade inte varit i kontakt med varken färg eller målarpensel på många år.

"Ja, det behöver fixas till lite här och där", sa Per Svensson, "men du kanske är den där händiga typen? Jag pratade med gamla Ester, ja alltså fru Hagberg som äger huset. Hon vill gärna träffa dej och prata om dej och huset. Ni kanske kan komma överens om hur den här hyrestiden ska utformas? Hon bor i Violen, ett äldreboende i Malmbäck. Bussen stannar på torget utanför där. Jag sa att du skulle komma så fort du hade installerat dej. Ja, det är bäst att du tar detaljerna med henne själv."

Vi steg in i farstun. Jag kände att det behövdes luftas och få in lite frisk luft.

"Ligger det nån död katt härinne?" frågade jag. "Phuu vad det luktar!"

"Å, förlåt", sa Per Svensson. "Jag glömmer alltid att spola i toaletten! Det verkar som det är mer sug här i avloppsledningarna i slutet på byn. Jag ska genast gå och spola!"

Då finns det i alla fall vatten och avlopp, tänkte jag, det var ju positivt. Så slapp man att springa ut på något utedass när man behövde. Jag gick in i det lilla köket och öppnade kranen. Det var väl tomt i vattenlåsen här också. Vattnet var lite brunfärgat i början men snart rann det i en klar stråle.

"All ström är avstängd i huset nu på sommaren. Jag stänger av vid huvudsäkringen. Proppskåpet sitter här ute i farstun. Jag ska sätta på strömmen nu så du kan få varmvatten innan kvällen. Det kan vara bra att kunna använda spisen också."

Han gick smågrymtande ut i farstun där jag hörde ett klickande ljud när strömmen slogs på. Han kom tillbaka in i köket.

"Jag tycker att du går runt och gör dej hemmastadd här och kommer in till mej sen om det är nåt du undrar över. Då kan vi också ta det där med fru Hagberg."

"Okej", sa jag, "det passar mej fint!"

Han gick och jag stod kvar i köket. En elektrisk bänkspis med två kokplattor var placerad på den låga bänken intill den gamla svarta vedspisen. Där fanns en diskho med en högpipig kran och med ett vred på var sida. Förhoppningsvis fanns det både varmt och kallt vatten när och om nu varmvattenberedaren hade kommit igång. Annars var det ganska tomt på skåp och bänkar i köket. Det svartvitrutiga golvet hade sett en aning övergivet ut om inte en matta hade lyst upp. En liten bänk med tillhörande överskåp fanns dock på den ena väggen. Bredvid stod ett litet kylskåp fritt på golvet. Jag öppnade dörren. Det surrade till nu när strömmen var påslagen. Om det fanns någon lampa i skåpet så fungerade den i varje fall inte.

Jag lät dörren stå öppen en stund för att få ut den unkna lukten. Som tur var så stod i alla fall inte någon gammal mat där inne och möglade. En burk med inlagda rödbetor, kanske hemmagjorda, stod i ensamt majestät på den mittersta hyllan. Jag kom på att jag måste fråga Per Svensson var man kunde handla mat. Jag hade bara några smörgåsar och ett paket kaffe med mig. Den färgglada trasmattan på golvet såg inte alltför sliten ut. Per hade kanske till och med varit och dammsugit, för den såg förvånansvärt ren ut.

Jag lämnade köket och gick in i det stora rummet som öppnade sig mot vägen utanför. Möbleringen var väl som hos de flesta äldre människor. Ingen enhetlig stil men ändå trivsamt. Någon IKEA-möbel kunde man inte se, men gamla gedigna fåtöljer och en soffa i samma stil. Soffbordet hade blivit repat med åren, men var nog en namnkunnig formgivares alster med sina sirligt utformade ben. Det fanns omotiverade luckor i möbleringen här och där. Vissa möbler hade forslats bort från sin plats. En radiogrammofon från 50-talet stod vid ena väggen. Ingen TV.

I fönstret hade det nog stått frodiga krukväxter en gång. Nu fanns bara gamla vackra vita ytterkrukor gapande tomma men med lite efterlämnad jord i botten. Krukväxter vill vara inneboende hos någon, sa alltid min mamma. Om kärlek, vatten och näring försvinner, så dör de. Gardinerna fanns i alla fall kvar, även om de började se bleka ut.

Innanför vardagsrummet fanns ett litet sovrum med fönster mot den vildvuxna trädgården. Gardiner här också men växterna lyste naturligtvis även här med sin frånvaro. Sängen såg ganska ny ut och den skulle nog gå bra att sova gott i.

Ett högt gammalt mahognyskåp med en dörr prydd med en stor oval spegel stod mitt emot sängen. Jag öppnade dörren. Skåpet var delat i mitten. Den ena sida var inredd med hyllplan och där fanns både lakan och handdukar som luktade friskare än jag hade föreställt mig. Bra! Jag slapp att sova i min medhavda sovsäck. Den andra delen av skåpet var öppet med en rundstav klädd med några tomma galgar. Bra att hänga kläder i. Bredvid sängen stod ett litet bord med en lampa på.

Jag gick runt igen. Kände att jag behövde gå på toaletten. Där hade jag ju inte varit. Jag öppnade dörren till ett litet spartanskt utrymme som säkert hade stulits från hallen när vatten och avlopp installerades, men här fanns i alla fall en toalettstol och ett litet tvättställ. Den mer ingående kroppstvätten fick ske någon annanstans, men nu på sommaren var det förhoppningsvis inga problem. Jag gjorde vad jag behövde. Sökte efter toalettpappret. Jag hittade en halvfull rulle stående under handfatet. En hållare hade nog behövts. Jag tvättade händerna, spolade och beslöt att gå in till Per Svensson.

Kapitel 4

Jag gick ut genom den knarrande dörren. Den gick bra att stänga men man kunde inte låsa utan nyckel. Det var kanske bra att man inte kunde låsa sig ute av misstag. Per Svensson hade nog en nyckel som jag kunde få låna.

Jag gick ut genom grinden och gick de få stegen till Per Svenssons grind, som stod vidöppen in mot den grusade gången. Där fanns två trappsteg som ledde upp till en liten farstukvist, så hans hus låg lite högre än fru Hagbergs. Jag tog trappan i två skutt och knackade på dörren.

"Kom in, dörren är öppen!" hörde jag inifrån huset. En trivsam kaffelukt slog emot mig när jag öppnade dörren och steg in.

"Jag har satt på kaffet. Jag hoppas du tar en kopp med mej?" sa Per Svensson. "Ja det kan väl vara lite otvunget mellan oss?" fortsatte han. "Du kallar mej Per, och du heter ju Sven?"

"Det passar väl bra", sa jag. "Vi kommer väl ha en del med varandra att göra nu under sommaren. Va härligt med kaffe! Jag har nog glömt att stoppa nå't i mej idag." En tanke slog mig. "Förresten, var kan man handla mat här? Måste man ta bussen till Malmbäck?"

"Förr fanns det en liten butik här i byn", sa Per, "men den dog som de flesta små lanthandlarna, när folk började köra bil och åka till dom stora varuhusen och galleriorna. Dom flesta som bor här i byn har bott här nästan hela sitt liv och börjar bli gamla. Det finns bara ett par stycken som har bil. Vi andra får cykla eller ta bussen. Som tur är finns det en kille som har börjat köra runt här på landsbygden med sin rullande butik. Han kommer hit en gång i veckan. Han kommer ursprungligen från nåt annat land, fråga mej inte vilket, men det är tur att det kommer hit folk som kan satsa på det som Svensson är för fin för att göra! Ja", han skrattade när han kom på hur det lät om det han just sagt, "nu menade jag ju inte mej själv, ha, ha, utan vi svenskar i allmänhet."

Han tog en liten paus och fortsatte: "Än så länge verkar det som han klarar att få ihop det ekonomiskt. Det är bra om du handlar av honom så får vi kanske ha kvar honom ett tag till. Men man vet ju aldrig. Sen får det väl bli hemtjänsten som får handla till oss." Han suckade och ögonen blev än mer hundlika.

"Men sätt dej för sjutton!" sa han och visade med handen mot köksbordet där det stod två kaffekoppar på fat och assiett, och ett vackert serveringsfat med köpta kakor på. Jag tackade och satte mig. Han hällde upp rykande svart kaffe.

"Vill du ha något i?" frågade han.

"Tack, men det behövs inte", sa jag. "Jag ser att du kan laga riktigt kaffe. I bland blir man bjuden på kaffe där man kan se botten på koppen när den är full. Det här är ju riktigt starkt och är nog jättegott!"

"Jag har alltid sagt", sa Per, "att kaffe ska smaka kaffe. Annars kan man lika gärna dricka te. Den som snålar med bönorna fördärvar ju kaffet och slösar bort både kaffe och pengar." Han mumlade något. "Men du vill kanske ha något starkt i?" frågade han.

"Tack, men inte just idag", svarade jag. "Jag får se till att installera mej ordentligt och kanske titta lite på omgivningarna när det är så vackert väder, men tack i alla fall!"

"Ja ta för dej av kakorna då. Jag har inte så mycket hemma. Bakat har jag aldrig gjort, så det får bli köpekakor."

"Tack, dom ser goda ut", sa jag, och tog en kaka.

"Jo, fru Hagberg ville gärna att du kom till Violen och pratade lite med henne så ni kunde göra upp om hur det skulle bli här", sa Per. "Kan du kanske ta dej till Malmbäck i morgon?"

"Ja det ska ja nog kunna", sa jag. "Jag har min bärbara dator med mej så jag kan ta reda på när bussarna går."

"Du kan få låna min tidtabell", sa Per, "och be att få en av busschaufören. Så kan jag få den tillbaka sedan."

"Ja, tack så mycket", sa jag, "det var snällt av dej. Det är tur att fru Hagberg har en så snäll och trevlig granne."

"Jo tack så mycket! Byn har alltid varit mycket lugn och trevlig, i alla fall förr i tiden. Vi behövde aldrig bekymra oss om att låsa dörrarna. Ingen gick in som inte skulle. Nu har det blivit sämre tider. Efter första inbrottet i byn har vi fått börja låsa. Till och med hos fru Hagberg har jag fått låsa. Här kommer ju folk som man inte känner och kör genom byn. Rätt som det är så kanske det ligger någon där inne. Det är bra att du bor där nu så man ser att det är bebott! Påminn mej om att du ska ha en nyckel."

"Det var ju tråkigt att idyllen har försvunnit", sa jag. "Har det hänt något nyligen?"

"Första tecknen kom för cirka tre år sedan. Det var i samband med att Adolf Persson köpte dödsboet uppe på höjden. Vi kallar huset 'Fästningen' för han vill inte umgås med någon. Jo jag har väl träffat honom några gånger, men det är nog den enda i byn han träffar, men jag känner egentligen inte honom. Jag säger inte att han har gjort något fuffens, utan det började hända saker vid den tiden då han flyttade hit." Han sjönk ner i tankar och var någon annanstans en stund.

Jag smuttade på kaffet och tog en kaka till. Det sög i magen efter något sött. Jag tittade runt i köket. Det verkade vara välskött och allt på sin plats.

"Du har det ju riktigt trevlig här", sa jag, "ordning och reda och välstädat. Alla ensamma män har det nog inte lika ordningsamt."

"Tack för det", sa Per, "men det har väl blivit en vana. Vi är ju alla olika människor. Jag har alltid gillat ordning och reda. Det tyckte Ines var en bra egenskap. Ja, Ines, min fru var en riktig ängel som Gud snabbt ville ha tillbaka. Hon blev tyvärr inte så gammal. Det hann inte bli några barn innan cancern tog henne." Han tittade ner på sina händer. Jag förstod att minnet plågade honom.

"Tack för kaffet", sa jag, "det var mycket gott! Jag får nog gå in och få lite ordning på grejorna. Sedan tar jag kanske en sväng genom byn."

"Ja tack för pratstunden." Per reste sig från stolen. "Jag hoppas det blir många fler. Det är ganska tyst och ensamt i byn numera."

"Ja det blir det säkert!" Jag reste mig också och tog honom i handen. "Tack igen!"

Jag gick mot dörren.

"Du Sven förresten! Här är nyckeln! Vad heter du egentligen i efternamn?" Jag har bara hört ditt förnamn!

"Jag heter Sven Tropp, tack för kaffet och för nyckeln!" sa jag och slank ut genom dörren.

Kapitel 5

Det hade redan börjat bli kväll. Jag åt några av mina smörgåsar och kokade mig en kopp te. Jag kände mig trött i huvudet och beslöt mig för att lägga mig tidigt och komma upp i tid i morgon och ta bussen till Malmbäck och fru Hagberg. Busstidtabellen hade jag inte fått med mig från Per, men jag kunde hitta tabellen på nätet. Jag fick skjuta upptäcktsfärden genom byn på framtiden. Jag satte min dator på laddning, tvättade mig hastigt och ytligt och borstade tänderna. Jag kröp ner mellan luftade lakan och kände mig glad över att äntligen ha kommit iväg till den härligt hägrande sommaridyllen och mina projekt. Jag somnade nog på två minuter och låg och drömde om lysande gula sommarängar och vita ulliga får som gick där och betade.

Jag vaknade av att blåsan var full. Det var ljust ute, men det var det ju nästan hela dygnet. Jag såg på klockan i mobilen som låg på en stol intill sängen. Nästan åtta. Det var så tyst här i byn att jag hade slappnat av riktigt ordentligt. Jag reste mig och gick på toaletten och lättade på trycket. Sedan tvättade jag av mig så gott det gick i det trånga utrymmet. Jag hade sett att det gick en buss fem över tio. Det fanns inte så mycket att äta, så jag kokade te och stoppade i mig en sparad smörgås från gårdagen och ett par kex som jag hade haft med mig i ryggsäcken. Jag plockade fram en T-tröja ur ryggsäcken. Den var skrynklig, men det kanske inte syntes så mycket under kavajen. Jag måste se till att plocka fram mina kläder ordentligt och lägga dem fint så de såg släta och propra ut.

Jag borstade tänderna, tog på mig kavajen och låste dörren, innan jag började gå vägen fram genom byn och mot landsvägen där busshållplatsen låg. För säkerhets skull var jag tidigt ute, eftersom jag inte riktigt hade koll på hur lång tid det tog att gå till hållplatsen.

"Hejsan! Vad är du för en figur?" Jag ryckte till, för jag hade inte upptäckt att det var någon ute. Framför det sista av de grå husen satt en äldre man på en stol intill fasaden. Vid denna tid på dagen lyste solen in på husens framsida.

"Oj, jag blev nästan skrämd!" flämtade jag. "Jag såg inte att ni satt där."

"Ni och ni", sa mannen, "e du från stan? Jag tycker jag känner igen rösten."

På hans sätt att reagera på 'ni'-uttrycket antog jag att det antagligen var Arne Rydh som satt där.

"Nämen hej, du är kanske Arne Rydh, som jag talade med i telefon för några da'r sen?" Jag sken upp. "Det var roligt att träffas! Jag heter Sven och hyr fru Hagbergs stuga nu över sommaren, tack vare dej! Jaså det är här du bor!"

"Jag är inte kanske Arne Rydh, jag *är* Arne Rydh! Jaså är det så du ser ut. Jag trodde du var äldre, men det är svårt att höra på telefon. Kom fram och hälsa du så får jag se riktigt på dej."

Jag gick fram och tog hans hand. Naglarna var välklippta på handen han räckte fram. Arne Rydh satt kvar i stolen. En käpp vid sidan av visade att han inte var så rask att gå. Han såg annars ut att vara vid god vigör. Skägget hade han nog skaffat för att slippa raka sig, men håret var klippt och välkammat. Han luktade fräscht och kläderna var rena. Det var nog en man som skötte om sig.

"Jag sitter här och väntar på Greta. Det är hon som ser till att jag håller mej ren och frisk. En pärla!" Han myste. "Men vi får väl talas vid lite närmre! Kom in så sätter jag på kaffe!"

"Det är mycket snällt av dej", sa jag, "men jag är på väg till bussen. Jag vill gärna träffa fru Hagberg så fort som möjligt, så jag vet vad jag får göra i huset. Men vi kan väl kanske träffas senare om det passar?"

"Ja, jag ska ingenstans om det inte händer något oväntat, men det tror jag inte." Arne Rydh slöt ögonen och vände ansiktet mot solen igen. "Hej då, vi ses!"

Jag svarade "Hej!" och började gå vidare mot busshållplatsen.

Jag hade inte sett några andra som var ute i byn. Färden gick vidare mot landsvägen. Jag tittade på klockan och tog det lugnt. Ingen trafik, bara solens varma strålar och en drill från en glad lärka.

Bussen kom i rätt tid. Det hade bara tagit tjugo minuter att gå till hållplatsen trots att jag hade tagit det ganska lugnt och njutit av de olika blommorna som växte i vägrenen. Det var ganska tomt på bussen. Det var väl därför som det bara gick några enstaka turer under dygnet.

Tre hållplatser senare gick jag av i Malmbäck, en liten stad, eller vad man nu skulle kalla det. Det var ändå centrum i denna kommun som verkade ha blivit över när mindre kommuner slogs samman vid de stora sammanslagningsreformerna på femtio- och sjuttiotalen.

Jag såg mig om på torget där jag stigit av bussen. En stor och pampig byggnad tronade upp sig vid torgets ena kortsida. Det måste vara kommunhuset med alla sina avdelningar och kontor. En polisskylt skymtade på den andra sidan, och bakom mig fanns diverse affärer i bottenvåningarna och lägenheter längre upp i de låga trevåningshusen. På den andra sidan torget tog vårdcentral och apotek upp platsen och samsades med en gul tegelbyggnad som hade en stor skylt, prydd med en violblomma. Det var dit jag skulle gissade jag.

Torget var kringgärdat av planterade träd. Det såg ut att vara platanträd med sina fläckiga stammar. Ett mycket trivsamt torg med kullerstensbeläggning och plats för torghandel. Just nu stod ett ensamt halvtält med allehanda färgglada blusar, kjolar och haremsbyxor i det ena hörnet, till synes alldeles övergivet. En ensam man stod några meter där ifrån och hade några krukväxter stående på marken framför sig. O ja! Jag fick ju ha något med mig till fru Hagberg, i alla fall vid det första besöket! Jag hade ju fått en god uppfostran och det skadade inte att visa sin omtanke under de här omständigheterna, även om jag inte tyckte att jag var en beräknande person.

21

"Vad kostar pelargonian?" frågade jag.

"Det är en engelsk sort som är mycket fin, men du kan få den för sextio kronor."

Jag anade en avlägsen brytning i talet men låtsades inte om den utan bestämde mig för krukväxten, även om jag tyckte att den var i dyraste laget.

"Tack!" sa jag och lämnade jämna pengar. "Den är fin!" Jag gick vidare med blomman i handen. Mannen tittade efter mig.

Jag fortsatte fram över torget mot Violen. Solen värmde och en sval bris rasslade i trädens flikiga blad. En svart kaja hoppade framför mig och försökte hitta något ätbart mellan kullerstenarna.

Byggnaden framför mig verkade vara ganska nybyggd, med entréparti av aluminium. Fönsterkarmarna var belagda med samma profiler som entrépartiet och i en brun nyans, precis som på entrépartiet. Jag skulle stiga in i entrén, men dörren var låst. En ringklocka till höger om dörren lockade med texten: *Ring här!* Jag följde uppmaningen och väntade. Jag var medveten om att sådana här inrättningar inte hade någon större personalstab, så jag väntade tålmodigt. Efter en stund öppnades dörren av en kvinna i ljusblått, med ett vitt förkläde och något oidentifierbart i ena handen.

"Vad gäller det?" hon verkade jäktad.

"Jo jag skulle besöka fru Ester Hagberg. Hon har bett mej komma hit."

"Jaså, och vad heter du då?"

"Jag heter Sven Tropp", sa jag, "och hon väntar på att jag ska komma."

"Ja det säger dom alla. Vänta här så ska jag se om hon tar emot." Hon stängde dörren igen och försvann inåt huset. Efter en stund kom hon tillbaka och öppnade dörren.

"Ja du får förlåta, men vi vill gärna ha kontroll på dom vi inte känner igen innan vi släpper in dom. Här har varit både försäljare och lurendrejare. De gamla kan lätt bli lurade." Hon backade lite. "Jaha, stig in då", sa hon och öppnade dörren lite mer. "Jag heter Ulla. Du kan söka upp mej om du skulle vilja något. Fru Hagberg bor i rum nummer sex. Gå bara rakt fram i korridoren, så bor hon till höger."

"Tack så mycket!" sa jag.

En bredare korridor öppnade sig rakt fram och till höger fanns ett litet rum med en glasruta mot korridoren. Rummet var tomt. Det var väl tänkt att någon skulle sitta där om det fanns tid. Jag gick vidare fram. Längre fram vidgade korridoren sig till ett välkomnande rum med fönster mot en innergård.

En stor och modern TV stod vid väggen. Sköna fåtöljer och soffor stod runt om i rummet. Här och där satt eller halvlåg gamla människor av båda könen. En del satt och sov i sin rullstol, andra med en rullator stående framför sig. På TV:n visade en ung kvinna i tjugoårsåldern att alla hennes rynkor i ansiktet hade försvunnit då hon använde den senaste fantastiska ansikts-krämen med föryngrande oljor i. Något pris på krämen vågade man inte nämna. Hon log vackert mot tittarna.

"Kan jag hjälpa till med något?" frågade en röst. En kvinna i blå arbetskläder kom ut från en dörr i korridoren.

"Tack, jag ska träffa fru Hagberg och syster Ulla som släppte in mej, talade om var hon bor", sa jag.

"Vi har tyvärr låg personaltäthet", sa kvinnan, "så alla får hjälpa till när det ringer. Vi använder bara förnamnen här. Jag heter Anna förresten", sa hon och sträckte fram en hand.

"Det var bra att Ulla öppnade för dej", fortsatte hon. "Hoppas du inte behövde vänta så länge! Vi vill gärna veta vem som kommer in."

"Nej det var inga problem."

"Ester Hagberg blir nog glad att få besök, det händer inte så ofta. Är du en släkting?"

"Nej men en god vän", ljög jag. "Jag heter Sven."

"Fru Hagberg har lägenhet nummer sex, längre bort i korridoren. Följ med mej så ska jag visa dej."

Hon vände och gick bort mot en smalare korridor, knackade på en dörr med en stor siffra sex på dörrbladet och öppnade försiktigt.

"Goddag fru Hagberg. Ni har besök. En god vän som heter Sven."

"Ja, Ulla kom och frågade om han fick komma in", hördes en röst inifrån lägenheten. "Släpp in honom är du snäll."

"Varsågod", sa kvinnan, och vände sig mot mig.

"Tack så mycket!" sa jag.

Jag gick fram mot dörren och öppnade den lite mer, så jag kunde passera utan problem.

"Hej!" sa jag, gick in i rummet och stängde dörren efter mig.

Framför mig, vid ett litet runt bord i mahogny, satt en äldre dam med ett korsord framför sig .Rummet var möblerat med flera smakfulla ting. Jag förstod nu varför det hade funnits till synes oförklarliga tomma ytor i hennes hus. Här passade möblerna bra. Kvinnan såg inte så gammal ut. Kläderna var av modernt snitt. Håret var grått men i en vacker nyans, kanske lite blåtonat? Det var klippt i en frisyr som påminde om den man såg kvinnorna ha på TV. Lagom rouge på kinderna och lite rosa på läpparna. Inget som man väntade sig att finna på ett äldreboende, men varför inte? Vi är så fast i gamla förlegade föreställningar om hur äldre människor har det. Vad vet vi om dem?

"Kom hit, Sven.... var det det? Kom fram och sätt dej här vid bordet, så får jag se hur min 'gode vän' ser ut! Jag hoppas att du inte blev för illa mottagen i entrén, men vi har haft en del incidenter här med folk som har velat komma in fast dom inte har här att göra." Hon tystnade.

Jag gick fram och lämnade över den engelska pelargonian.

"Å tack! Vill du ställa den på bordet så tar jag hand om den sedan." Jag satte mig.

"Ja, jag heter Sven Tropp och har haft kontakt med Per Svensson som har ordnat så jag eventuellt kan få hyra ert hus i Mörkullen."

"Jaha, det är så du ser ut. Det var skönt att det inte var någon hippi som skulle slå runt i huset, men då hade nog Per sagt stopp. Han är en god och duktig granne. När kom du till Mörkullen?"

"Igår."

"Då har du fortfarande inte sett så mycket vare sig av huset eller byn?"

"Nej." Jag svarade avvaktande.

Fru Ester Hagberg talade med en myndig stämma som var vänlig men bestämd. Det var inte alls den bilden som jag hade föreställt mig om hur hon skulle vara.

"Nu får du berätta lite om dej själv", sa Ester Hagberg. "Arbetar du i storsta'n?"

"Ja, jag arbetar som konsult inom byggbranschen. Det är ett mycket spännande jobb och jag trivs bra med det. Jag har en lite lya inte långt från arbetet så det blir mycket min värld."

"Och hur har du kommit på tanken att lämna sta'n och uppleva något på landet?"

"Under flera år har jag haft en tanke på att skriva en bok eller något sådant, så i sommar har jag tagit extra ledigt för att försöka förverkliga den idén." Jag tänkte efter, "och då tror jag att det passar med lite lugn och ro omkring mej", tillade jag.

"Det är nog bra med lite lugn och ro när man ska göra något kreativt", sa Ester Hagberg. "Här är det nog mycket lugn och ro, men å andra sidan så gör jag inget kreativt." Ester Hagberg smålog. "Men jag hoppas att vi kan ses då och då. Det skulle liva upp det hela!"

"Ja, hur huset fungerar, får du tala med Per om", fortsatte hon efter en paus. "Jag hoppas att du är aktsam om det." Jag nickade. "Jag känner ju inte dej så vi kan väl träffas igen om en vecka, så kan du se om du trivs och så kan jag höra med Per om hur han upplever dej. Jag litar mycket på honom, men redan nu känner jag att vi nog ska komma bra överens, du och jag, och kanske ha lite upplivande diskussioner?"

"Jag tror redan att jag kommer att trivas", sa jag, "men jag förstår att jag är ett oskrivet blad." Jag tänkte på min eventuella framtida bok som också saknade ord på sidorna.

"Jag hoppas att varken ni eller Per blir besvikna på mej!"

Jag gick fram och tog hennes framsträckta hand.

"Då träffas vi om en vecka!"

Fru Hagberg nickade. Audiensen var över.

Kapitel 6

Jag kom lite vimmelkantig ut från Violen. Vad hade jag förväntat mig? Det är väl klart att en gamma kvinna måste vara försiktig. Även om man har ett ärligt utseende så kan skenet bedra. Jag fick se till att uppföra mig ordentligt, så att Per kunde godkänna mig som hyresgäst.

Nu när jag ändå var i Malmbäck så tänkte jag passa på att handla lite mat. Men jag kände att jag behövde ha något i magen först. Orten var helt okänd för mig, så jag gick runt lite och såg vad det fanns för matställen. Jag fastnade för en pizzeria som såg lite Italien-inspirerad ut. Pizza var alltid bra. Man behövde aldrig vänta mer än 10-15 minuter på maten. Jag gick in under skylten "Milano" och öppnade dörren. Bakom disken stod en riktig pizzabagare som man tänker sig att de ska se ut. Stort burrigt svart hår, olivfärgad hud, vit singelundertröja där urringningen gick långt ner och visade hans hår på bröstet, som var svart och omfångsrikt.

"Chiao!" ropade han.

Jag tänkte svara något på italienska, men minnet av min snabbkurs hade bleknat bort för mycket.

"Har du goda pizzor?" frågade jag dumt.

"Jag hade inte sålt så många av dom om dom skulle vara smaklösa! Naturligtvis är dom goda! Jag kan rekommendera min egen "Milano", en god men inte den dyraste!"

Han såg glad ut och pratade klanderfri svenska. Jag tänkte på Evert Taubes bagare men han bakade ju något annat än pizzor.

"Ja då tar jag en Milano och en lättöl", sa jag och såg hur han redan plockat fram en degbulle, som han snabbt snurrade ut till en perfekt rund pizzaform.

Jag tittade runt i lokalen. Det var tomt vid alla bord. Jag gick och satte mig vid ett litet bord framme vid fönstret och tittade ut på gatan utanför.

"Har du precis flyttat hit?" frågade pizzabagaren medan han lastade på ingredienserna till pizzan.

"Jag har aldrig varit här förut", sa jag.

"Då ska du köpa en lott idag!" utropade han. "Första gången i sta'n och hamnade på den absolut bästa pizzerian!"

"Du är i alla fall inte blygsam." Jag log mot honom.

"Har man på fötterna, så klarar man sej alltid. Du ska snart få märka att jag har rätt!"

Han visslade lite medan han tittade på pizzan i ugnen. Sedan kom han fram till bordet med en ölflaska och ett glas. Han vände snabbt om när telefonen ringde.

"Milano!" svarade han. Sedan skrev han upp beställningen och nickade samtidigt för sig själv. "Om en kvart!" sa han och lade på. Han tog ut Milanopizzan ur ugnen, lade den på en stor tallrik och kom fram till mig med tallriken i ena handen och bestick inrullade i en servett samt en liten plastburk med vitkålssallad i den andra.

"Varsågod, och smaklig måltid!" sa han och vände på klacken för att påbörja sina beställningar.

"Tack", sa jag.

Trots mina tvivel angående överdrivna kulinariska smak-höjder så måste jag medge, att det var den godaste pizza jag ätit på länge. Det var svårt att se vad som låg ovanpå tomatsåsen men det var väl det som var hemligheten.

"Nå?" sa han efter ett tag.

"Det var faktiskt den godaste pizza jag ätit på länge!" fick jag fram mellan tuggorna.

"Tackar för det!" sa han samtidigt som han tog ut två nya pizzor ur ugnen och lade dem i var sin kartong.

Nästan samtidigt gick dörren upp och en man kom in och hämtade sina beställda pizzor. En lite kutryggig man i yngre medelåldern med stripigt svart hår och med en osäker blick som han fäste på mig. Jag nickade, men han reagerade inte på det. Han betalade sina pizzor, försvann ut och lämnade kvar en lukt av mögel efter sig. Jag såg hur ha hoppade in i en gammal rostig Opel som varit vackert röd en gång, och körde iväg. I baksätet tittade en svart hund ut genom rutan.

"Oj vad ha hade bråttom!" sa jag.

"En konstig prick!" sa bagaren. "Han kommer hit då och då och köper två pizzor. Han säger inte mycket. Nå'n har sagt att han bor ensam. Kanske matar han sin hund med pizza!" han skrattade.

"Känner du honom?" frågade jag, fortfarande tuggande god pizza.

"Nej, han är nog svår att lära känna."

Jag åt min pizza och drack upp ölen. Nu kände jag mig mätt och nästan lycklig. Verkligen en fin dag!

Jag reste mig, gick fram till disken och betalade.

"Då blir det 80 kronor jämt!" sade bagaren. Jag lämnade fram en hundring och fick en tjuga tillbaka.

"Här får du en lista, så du kan beställa när du vill. Mitt namn och telefonnummer står längst ner."

Jag läste på listan.

"Heter du Sven?" sa jag. "Jag trodde du var italienare!"

"Det är jag också, i alla fall halv. Pappa kommer från Milano och mamma är svensk. Jag har bott i Sverige hela mitt liv. Pappa tyckte nog att jag skulle heta Emilio eftersom jag är mörk, men mamma tyckte att jag skulle heta Sven eftersom jag är svensk. Så det blev Sven, men alla som känner mej kallar mej för Milano."

"Jag heter också Sven", sa jag, "men jag har faktiskt ingen spännande familjesituation att komma med, bara ljusa föräldrar."

"Alla har alltid något spännande i sin släkt eller omgivning. Det är bara det att man inte har upptäckt det ännu", sa Milano med ett mystiskt uttryck i ansiktet.

"Vet du var den där snubben kommer ifrån?" frågade jag när jag såg den rostiga Opeln försvinna bakom en husknut.

"Nå'n sa att han köpt ett hus utanför Mörkullen för några år se'n, men mer vet jag inte."

Jag hajade till men sa inget, tackade för mig och gick ut på gatan.

Jag gick in på ICA som låg ett kvarter bort från torget. Jag behövde lite kaffe och kvällsmat. Kanske några frallor till morgonen och havregryn och mjölk till gröten.

Det fick inte bli för mycket för det var en bit att gå från bussen, och plastkassarna kunde göra ont i handen om de blev för tunga. Jag packade in mina varor, betalade och gick mot busstationen. Snart skulle matbilen komma till Mörkullen, då fick man se vad han hade att erbjuda.

Jag hade tur att komma till torget precis innan bussen skulle gå. Snabbt hoppade jag upp, löste biljett hos chauffören och satte mig på närmsta lediga plats. Nu skulle jag hem och installera mig ordentligt. Sedan blev det till att bekanta sig med byn och omgivningarna. Jag var lite nyfiken på de övriga som bodde i byn och kanske även den där Adolf på höjden. Hans hund verkade fin. Jag hade alltid önskat mig en hund men det hade aldrig blivit någonting av med det. Egentligen hade jag inte tid med någon hund. Den kunde ju inte sitta ensam i lägenheten när jag arbetade.

Det var ganska tomt i bussen och jag var den ende som gick av vid hållplats Mörkullen. Efter ungefär tjugo minuter var jag framme igen vid Ester Hagbergs stuga. Nyckeln gled in i låset utan krångel och jag gick genast in i köket och plockade upp varorna ur ICA-kassen. Kylen hade fått rätt temperatur nu så jag ställde in mjölk och grädde.

Det knackade på dörren. Utanför stod Per.

"Har du varit hos fru Hagberg?" Jag nickade. "Mådde hon bra? Vad sa hon?"

"Hon ville att jag skulle bo in mej en vecka för att känna mej för. Och så kommer hon nog att höra av sej till dej för att få veta, om jag uppför mej ordentligt."

Per kliade sig i nacken. "Ja hon vet vad hon vill! Vi får väl se hur du känner dej om en vecka. Här finns visserligen vatten och avlopp och till och med en toalettstol, men du kanske saknar duschmöjligheter?"

"Det är sommar och varmt", svarade jag. "Det går nog att tvätta av sej i trädgården." Jag fortsatte efter en paus. "Jag förstår att fru Hagberg är försiktig. Hon känner ju inte mej men samtidigt vill hon försäkra sej om att jag kan trivas. Det tycker jag är juste av henne!"

"Ester är riktigt snäll innerst inne det kan jag försäkra, för jag har själv upplevt det." Per vände sig om för att gå. "Ha det så bra så länge! Hör bara av dej om du har frågor!" Han gick tillbaka in till sig. I dörren vände han sig om och ropade.

"Fick du tag i någon tidtabell? Du lånade ju aldrig min?"

"Det ordnade sig!" ropade jag tillbaka. Jag hade inte ens tänkt på saken.

När jag kom in i huset åt jag lite av ICA-varorna. En burk pilsnerkorv fick bli uppvärmd direkt i burken efter att jag hade öppnat locket. Tevattnet kokade upp och jag mumsade på en bulle som hade hängt med från affären. Nu fick jag se till att sköta mig! Jag skulle kanske snygga till lite utomhus? Sagt och gjort! Jag gick runt huset och tittade. Det behövde målas men det tänkte jag inte göra denna veckan, men kanske snygga upp grusgången framför entrén?

Längst bort i trädgården stod ett gammalt skjul. Dörren till skjulet hade blivit lite skev men det gick att lyfta den lite så jag kunde dra upp den. Dörren lämnade en rensad kvartscirkel i lövytan när den öppnades. Det var halvdunkelt i skjulet. Här fanns ingen elektricitet. Jag hade inte tänkt på att ta med mig någon ficklampa. Men ljuset från den öppna dörren hjälpte ändå till att lysa upp lite så att jag kunde urskilja en flätad lövkorg bredvid en samling räfsor och spadar. Jag såg en kratta, och jag hittade också ett skyffeljärn. Under en gammal matta skymtade jag en gräsklippare. En skottkärra stod uppställd med skaklarna pekande upp mot taket.

En vägg framträdde i bakgrunden. Där fanns en mer bastant dörr än ytterdörren. Här var dörrbladet infattat i en stabil karm och ovanför handtaget fanns ett nyckelhål. Jag undrade vad som fanns där inne. När jag kände på dörren var den låst. Det fick jag ta reda på senare. Jag tog krattan och skyffeljärnet med mig ut och gick bort till grusgången.

Gruset var torrt så det rök lite grann, men det fick gå ändå. Det tog en stund att få loss det gamla ogräset och maskrosorna. Jag krattade ihop de lösa grästorvorna och övrigt ogräs i en hög vid sidan av gången. Jag gick tillbaka till skjulet och hämtade skottkärran och lastade ogräset i den. Sedan körde jag bort kärran till en lite binge med gamla löv, där jag tömde innehållet. Skottkärran fick stå kvar vid kompostbingen.

Efteråt gick jag tillbaka in i huset och tvättade av mig. Det var inte mycket kvar att utforska i rummen så jag tog fram min laptop och startade den. Den mobila internetanslutningen stoppade jag in i sin kontakt. Det var en svag signal här ute och jag hade inte väntat mig något annat heller. Jag tog ut anslutningen igen. Nu skulle jag börja med mitt projekt. Det fick nog bli en bok ändå. Jag kunde ju alltid börja med byn och vad som händer här. Jag startade med att skriva om husen och händelserna i Malmbäck.

Efter en timme tröttnade jag och gick ut för att bekanta mig med livet på landet. Nu på eftermiddagen sken solen in i husens trädgårdar som för det mesta var placerade bakom husen mot söder. Därför var det kanske inte så konstigt att det var helt tomt vid husen när jag gick vägen fram. En avstickare gick upp mot ett skogsparti, och jag följde vägen uppåt. Efter några hundra meter passerade jag ett hus som låg avsides från byn. Det verkade öde. Framför en stängd garagedörr stod en röd Opel. Jaha, det är här han bor, tänkte jag. Men det var tyst och ingen människa syntes till och ingen hund skällde.

Jag fortsatte på vägen som strök förbi en liten skog med blandträd. Blommor visade sig här och där, och jag drog in den söta doften. Detta var något som jag kände att jag behövde denna sommaren. Man kunde sitta uppe i skogen med den härliga utsikten framför sig, och skriva på den bärbara datorn. Jag bestämde mig för att gå upp tidigt i morgon och njuta av förmiddagssolen när jag sakta återvände till fru Hagbergs stuga.

Efter en skön natts sömn kom jag upp tidigt, åt en hastig frukost, och packade ner några smörgåsar och en flaska vatten. Jag tog mig upp till skogen som jag sett dagen innan och sjönk ner i det mjuka gräset. En trädstam fick bli mitt ryggstöd. Egentligen skulle jag vara en målare och fånga detta vackra, tänkte jag. Men jag fick göra det näst bästa. Jag tog upp mobilen och fotograferade den vackra vyn. Sedan började jag skriva på boken om byn och om mig själv. En bok om mig själv.

Plötsligt hörde jag en lång signal från en biltuta. Jag kikade ner mot byn och såg en vitaktig lastbil, eller buss, som hade stannat mitt i byn. Det måste vara den där matbussen som Per hade nämnt. Skulle jag skynda mig ner och handla lite saker? Jag kände mig alltför slö för att springa dit, så det fick vara. Det blev nog till att åka och handla igen innan helgen. Sedan skulle jag in igen till Violen och träffa Ester Hagberg. Då skulle jag få min dom.

Efter att ha skrivit en stund, ätit upp min medhavda matsäck och somnat in till fåglarnas sång, hade det redan blivit eftermiddag. Det var dags att gå ner till stugan igen. Nu var det lite mer folk i rörelse i byn. Jag hejade till höger och vänster, men det blev inga längre kommentarer, endast något "ja" ibland när man frågade om jag bodde i Esters stuga.

Dagarna gick fort. Jag fick åka in till Malmbäck igen och proviantera eftersom jag missat matbussen. Jag bekantade mig med huset och trädgården. Fru Hagberg hade en gammal motorgräsklippare i skjulet som jag hade skymtat tidigare och som jag drog ut i solen. Jag tittade på motorn. Jag tänkte på tonårstiden hemma då min kompis och jag stod och storögt följde med när hans storebror, som var en hejare på motorer, skruvade och fixade med sin moped. Han plockade ner mopedmotorn hur lätt som helst och undervisade oss samtidigt: "Här ser ni det ställbara munstycket. Och här sitter tändstiftet!" Han skruvade loss det och visade vilket avstånd som elektroderna skulle ha från varandra.

Nu studerade jag motorgräsklipparen. Som konsult för olika byggherrar så var jag inte helt främmande för olika markarbets-maskiner. Motorerna såg ungefär likadana ut på de olika maskinerna. Jag började med att kontrollera bensinen, hittade bensinkranen och öppnade den. Det var nog lite soppa kvar. Jag hade sett en dunk i skjulet så det var nog det minsta problemet. Jag chansade och drog i startsnöret efter att ha dragit gasspjället till det instansade ordet "choke". Motorn hostade till. En gång till. Motorn snurrade hackande igång, och jag var snabb att dra ner gasreglaget från choken. Jag hade lärt mig av mina arbetskamraters misstag när de klagade på sina sura gräsklippar-motorer.

Jag hann köra några vändor fram och tillbaka innan motorn dog. Bensinstopp! Per kom ut och undrade vad som stod på.

"Har du fått igång den gamla gräsklipparen? Det har jag inte ens försökt!"

Det förstår jag, tänkte jag och tittade på den vildvuxna och långhåriga gräsmattan.

"Och du har gjort fint på grusgången framför entrén! Det måste Ester få höra!"

Det hoppas jag, tänkte jag, men jag bara nickade.

"Det blir trevligare om det ser fint ut", sa jag. "Gräsmattan kan nog också bli bra."

Kapitel 7

Nu hade det blivit tid till att besöka fru Hagberg igen. Jag ringde först för att försäkra mig om att det passade att komma. Telefonnumret hade jag fått av Per.

"Det passar mycket bra!" sa hon i telefonen.

Jag gick de tjugo minutrarna till bussen och var framme fem minuter före det att bussen skulle anlända enligt tidtabellen men jag fick vänta ytterligare fem. Vädret var varmt och gott så det gjorde mig ingenting.

Resan gick fort de tre hållplatserna. Bussen stannade vid torget som nu var mer bekant för mig. För att visa min goda vilja gick jag in på konditoriet som låg strax bredvid hållplatsen. Jag valde några smarriga Budapestbakelser som jag hoppades att Ester Hagberg skulle tycka om.

Jag tryckte på knappen till ringklockan och väntade. Efter en stund kom en i personalen och öppnade dörren. Hon nickade ett "Välkommen" till mig. Det var tydligen inte många som kom för att besöka de boende eftersom hon kände igen mig.

"Tack så mycket!" sa jag, när hon höll upp dörren för mig. "Hur mår fru Hagberg idag?"

"Hon brukar må bra för det mesta, så det gör hon nog idag också!" Hon log. "Du vet var hon bor?" undrade hon, och jag svarade: "Javisst!" och gick vidare.

Jag knackade på dörr nummer sex och hörde fru Hagbergs "Kom in!"

Ester Hagberg satt vid sitt runda bord när jag öppnade dörren och steg in.

"Hej igen! Det är bara jag!" Jag gick fram och ställde kartongen med bakelserna på hennes bord.

"Åh, det verkar som du har något gott med dej! Det var tur att jag har ordnat med kaffe till oss! Det står där borta på bänken." Hon pekade bort mot det lilla pentryt som rummet var utrustat med.

"Häng av dej på kroken där innanför dörren. Koppar och fat finns i skåpet ovanför diskbänken." Ester Hagberg satt kvar på sin stol och dirigerade mig. Snart var bordet dukat med koppar och fat och till och med servetter. Jag hällde upp kaffe ur en termos från pentryt och lade upp bakelserna på faten.

"Så gott det ska bli. Och du visste redan vilken min favoritbakelse är! Nu känner vi kanske snart varandra ordentligt!"

Ester Hagberg verkade vara på gott humör. Det bådade gott inför fortsättningen av mötet. Nu skulle jag veta hur hon hade tänkt sig resten av sommaren.

"Mycket gott!" sa Ester Hagberg mellan tuggorna.

När hon hade ätit halva bakelsen så torkade hon sig om munnen med sin servett och tittade på mig.

"Jaha, ja nu är det så här Sven Tropp, från stan, att det finns vissa regler som gäller, om du vill hyra mitt hus i sommar."

Hon lät lite bask, och talade med tydliga uppehåll, men samtidigt lekte ett litet leende i ena mungipan.

"För det första: var ärlig mot mej. Jag har varit med om tillräckligt med oärligheter under min tid här på jorden." Hon smackade med munnen. Delar av bakelsen fanns tydligen fortfarande kvar någonstans i munnen.

"Så måste vi tala om hyran."

Hon tittade på mig. Jag kunde inte läsa av hennes tankar.

Hyran, tänkte jag. Jag hoppas hon inte tror att jag är gjord av pengar och vill göra sig en hacka på mig!

Fru Hagberg harklade sig. Hon hade nog inte pratat så mycket tidigare under dagen, och den söta bakelsen hade nog inte gjort saken bättre.

"Ja hyran, ja. Det är ju så", nu kommer det, tänkte jag, "att jag inte hade tänkt att hyra ut huset alls. Detta blev en överraskning för mej. Jag känner inte dej, men du ser ju ut att vara en skötsam person. Huset mår egentligen bara bra av att någon bor där om man uppför sej som man ska. Per har hört av sej och han tycker du har visat intresse för huset och trädgården. Han hör nog av sej till mej igen om det skulle vara något annat som händer, men på något sätt litar jag på dej. Jag har arbetat med människor i hela mitt liv så jag tror att mitt omdöme inte sviker mej nu."

"Elen får du betala", fortsatte hon, "den har varit avstängd sedan i mitten av april. Du har väl mobiltelefon som de flesta idag, så telefonen behöver väl inte kopplas in igen."

"Ja det har jag."

"Bra! Du förstår, jag har inte så många som kommer och hälsar på mej. Det blir ganska långtråkigt här. Jag känner mej inte säker för att ge mej ut på sta'n, och de gamla gubbarna och tanterna här i huset kan man ju inte umgås med."

Jag gömde ett leende i handen.

"Ja du, le bara! Men så är det! Du kanske undrar varför jag i så fall bor här? Det ska vi tala om lite längre fram, om det är så att du fortfarande vill vara kvar."

Jag kunde inte tyda hennes ansiktsuttryck. Det såg både bekymrat och ändå nöjt ut.

"Ja, nu var det hyran vi talade om. Om du går med på att betala elen och sophämtningen, så ska själva hyran betalas med", hon gjorde en liten paus och såg lite lurig ut, "att du kommer och besöker mej minst en gång i veckan, så att vi kan småprata om världen där ute och dricka lite kaffe."

Jag blev alldeles paff. Detta hade jag inte väntat mig.

"Ja..ja..visst!" tryckte jag fram.

"Bra!" sa hon, "då ska vi också tala om lite andra saker. Du undrar säkert varför jag bor här fast jag kanske skulle kunna ta hand om mej själv? Det är en lång historia som vi ska tala om så småningom." Hon gjorde ett uppehåll. "Har du bil?" frågade hon plötsligt.

"Nej, men jag har tänkt köpa en så småningom", svarade jag.

"Per vet inte om det", fortsatte hon, "men i uthuset längst ner på tomten finns ett skjul med en låst dörr inne i själva skjulet. Nyckeln hittar du i ett skrin längst upp i linneskåpet. Jag hoppas linnet var vädrat förresten? Jag bad Per om att låta dörren stå öppen."

"Jadå", ljög jag.

"Nåväl, du kan ta nyckeln och gå ner och öppna dörren till skjulet. Först finns det lite verktyg och en gräsklippare som jag vet att du redan har sett enligt vad Per har sagt." Jag nickade. "Sedan finns den låsta dörren där innanför. Där står en gammal moped som du kan få låna om du får igång den. Då går det kanske lättare att ta sej hit. Du kan ju handla här också om du vill!"

"Tack så mycket", sa jag, "men Per vill att jag handlar på bussen som kommer till byn en gång i veckan. Han är rädd att den slutar gå om inte alla handla där."

"Jaså den går fortfarande. Ja dom där invandrarna kan livnära sej på det mesta, det måste jag säja. Man måste faktiskt beundra dom. Men det är klart, dom har inte blivit bortskämda som vi svenskar. Jag minns min härliga uppväxttid med barkbåtar med fjäder till segel som vi lekte med i bäcken. Då saknade man ingenting!" hon försjönk i tankarna tillbaka till sin egen barndom.

"Men han har väl inte allting!" sa fru Haglund och vaknade till. Hon tänkte antagligen på matbussen som vi precis talat om.

"Du kan ju handla här det han inte har, och så kanske du behöver handla mat mer än en gång i veckan? Då kan du samtidigt titta in till mej?" hon log lite.

"Det går nog bra, fru Hagberg", sa jag.

"Nu är det så, att om vi ska talas vid så ska det inte bli 'fru Hagberg' hit och 'fru Hagberg' dit. Jag kallar dej Sven och du kallar mej Ester, som jag heter i förnamn!"

"Okej, tack så mycket! Det gör jag gärna!"

"Men inte massa trams om smör och sån't där, det är jag för gammal för! Det räcker att dom håller på med det här i huset. 'Smöret ister Ester!' ropar dom. Jag har faktisk hör den där sketchen med Martin Ljung tidigare! Men gamlingar kan bli lite konstiga med åren, speciellt dom som bor här!"

"Ja, det var dumt av dom! Ester är ett mycket vackert namn. Det hette faktiskt min mormor.

Men du Ester", det kändes konstigt att säga det, "jag vet ju att du har telefon. Här är ett visitkort med mitt namn och numret till min mobil. Jag skriver också min hemadress på baksidan om du skulle behöva den. Bry dej inte om firman eller numret dit. Jag är som sagt ledig hela sommaren. Ditt telefonnummer har jag fått av Per."

Det kändes faktiskt som om jag känt Ester en längre tid än den korta stund vi verkligen hade träffats. Någonting med själarnas gemenskap, om man nu vill tro på något sådant.

"Är det något du behöver nu innan jag tar bussen tillbaka?" undrade jag.

"Snällt att du frågar. Personalen är lite jäktad, men dom springer ut och handlar en liten chokladbit till mej ibland när jag ber dom. Men dom går aldrig på Systembolaget. Vill du köpa en madeira till mej, Sankt John eller något liknande så skulle jag bli glad. Jag tar hellre ett glas till kvällen än några sömntabletter."

"Ja, det gör jag gärna. Var ligger Bolaget?" undrade jag.

"Det är en tvärgata till torget. Ta bara till vänster när du går ut genom entrédörren och fortsätt rakt fram så ser du det när du kommit förbi torget. Ta min nyckel så kommer du in fortare. Ja vi som är någorlunda klara i huvudet och inte vill rymma har faktiskt fått en nyckel till entrédörren. Det är så fiffigt att den går till min egen dörr också!"

"Ja hej då så länge!" sa jag, när jag reste mig upp från stolen och öppnade dörren till korridoren.

"Jag kommer snart!" lade jag till när jag vände mig om och stängde dörren.

Solen sken fortfarande när jag kom ut från Violen. Jag gick till vänster som Ester sagt och följde fasaden som vette mot torget. Kvarteret verkade slutet men måste vara stort eftersom det fanns plats för en innergård där Ester hade sin lilla lägenhet.

Jag kände mig upprymd. En så'n upplösning! När jag först såg Ester, så trodde jag hon var en gammal girig tant som såg till pengar i första hand. Nu fick jag åter lära mig det som har hänt mig flera gånger tidigare.

Man ska inte döma människor efter deras utseende och innan man riktigt talat med dem. Men hon är ju en riktigt gammal goding! tänkte jag. Jag åkte gärna och pratade med henne en gång i veckan. Kanske det skulle bli oftare. Jag fick väl se om jag kunde återgälda hennes vänlighet genom att fortsätta sköta om trädgården lite och kanske fixa till det i huset som behövde ordnas.

När jag hade passerat hela torget så fortsatte gatan en bit framåt. Efter ett par hus lyste den välbekanta loggan över ett stort skyltfönster på en indragen fasad. En butik med omvänd affärsidé: "Ju mindre du handlar, desto gladare vi blir!" Tre trappsteg sträckte sig längs hela fasaden och ledde i mitten upp till entrédörrarna. På ena sidan trappan satt en påbyltad kvinna med en pappmugg framför sig.

"Hej", sa hon tyst.

"Hej", sa jag och skyndade in i butiken.

Nuförtiden är det bara självbetjäning som gäller i alla Systembutiker. Personalen mår bättre, och man kan kanske även dra in lite på antalet? En annan fördel är att man kan gå och studera flaskorna hur man vill. Jag letade mig fram mellan hyllorna. Vinerna tog den allra största platsen i butiken med uppdelning på vitt och rött, flaskor och lådor, och sorterade efter landet som producerat vinet. Längre in kom man till okryddat och kryddat brännvin. Sedan kom whiskyn. Jag kanske skulle köpa en liten fin flaska whisky som jag kunde bjuda Per på? Jag tog en liten flaska av whisky i mellanprisläget och lade i kundkorgen som jag snappat upp vid entrégrindarna. Längre bort kom likörer, starkviner och dylikt. Jag hittade den mörka flaskan med Saint John-madeiran som fick samsas med whiskyn i korgen.

Det var ingen kö vid kassan. Kassörskan tittade menande på en skylt som uppmanade dem upp till 25 år att visa legitimation. Jag kände att jag blev lite röd om kinderna. Jag hade alltid sett ung ut. Det är inget fel. Många lägger stora pengar på att försöka se yngre ut än de är, men ibland, som vid det här tillfället, känns det lite, tja vad ska jag säga... nedvärderande. Jag fiskade upp mitt körkort ur plånboken och kassörskan kastade en snabb blick på det.

"Ursäkta", sa hon, "men det är inte alltid lätt att se människors ålder. Men som en uppskattning så får du en gratis bärkasse!"

Jag betalade och tackade, medan jag ställde ner flaskorna i gratispåsen. Sedan gick jag snabbt ut i solen igen. Jag ansträngde mig att titta bort mot den tiggarfria delen av trappan medan jag gick ner. Ja, man kan diskutera mycket om dagens situation i Europa, och om hur olika länder tar hand om sina medborgare. Men man tycker att de utbetalda EU-pengarna borde komma hela befolkningen till del.

Jag vände tillbaka mot torget och Violen. Bakom mig hörde jag hej-ropet igen.

Kapitel 8

Ester satt fortfarande kvar i sin stol vid det lilla runda bordet när jag knackade och steg in, efter diverse blickar och frågor från personalen om vem som släppt in mig. Det var tydligen inte vanligt att man själv låste upp entrédörren, men de nöjde sig med svaret de fick.

"Å, kommer du redan! Det var snabbt!" Ester verkade riktigt glad att se mig igen.

"Ja det var ju inte så långt till Bolaget, och där var det nästan helt tomt", sa jag. "Jag passade på att köpa en flaska till mej själv också. Jag kanske kunde bjuda Per på ett glas en dag."

"Jag hoppas det går bra", sa Ester. "Jag har hört att han tidigare har haft problem med spriten, men det kanske bara är ont förtal. Vad är jag skyldig?" Ester plockade upp sin plånbok ur handväskan, som stod på golvet intill stolen.

"Nu är det så", sa jag och härmade lite Esters tidigare tonläge, "att jag vill ge dej denna som tack för din generositet, så jag hoppas du vill ta emot den som en gåva."

"Jag bad dej att köpa den till mej, så om jag inte får betala den så kan jag inte be dej köpa någonting till mej i fortsättningen." Ester lät bestämd.

"Om man ska resonera så, så kan jag inte bo i ditt hus eftersom jag inte får betala för det", returnerade jag.

Ester förstod, att jag hade kommit med något som hon inte tänkt på.

"Ja, ja. Vi säger väl det då!" hon låtsades vara lite irriterad, men kunde inte riktigt vara allvarlig. "Men i fortsättningen vill jag betala för det som jag ber dej handla till mej, annars fungerar det inte alls!"

"Okej, jag förstår att det är en principsak för dej, så vi säger så."

Efter en stunds samtal om väder och annat sa jag.

"Ja, nu så får jag nog tacka för idag. Du ska väl snart ha middag. Jag hoppas dom lagar god mat här."

"Det ska jag inte klaga på", sa Ester, "det finns nog de som har det betydligt sämre än hur jag har det. Tack ska du ha för idag. Du kan väl se hur det passar med dagarna framöver och ringa mej före nästa gång du kommer? Sedan får du kanske bekanta dej med matbussen. Jag vet inte när den kommer." Hon log.

Jag kände det värmde inom mig när jag såg hennes leende. Ester var nog i den åldern som min mamma skulle ha varit i idag om hon hade fått leva. Jag ville gå fram och krama om henne, men det gick ju inte för sig. Vi hade nyss träffats och hon kunde kanske bli skrämd av för mycket intimitet, vad vet jag? Så mycket kände jag henne inte ännu. Hon höjde lite på ögonbrynen när jag sa hej då igen, precis som om hon anade mina tankar. Jag gick mot dörren, öppnade och vände mig om.

"Hälsa Per så gott!" sa hon. Jag nickade och stängde dörren efter mig.

Jag gick in på ICA-butiken, som jag kände igen sedan förra gången. Jag behövde lite av varje. Kanske några frallor till morgonen igen. De jag köpt här tidigare var riktigt goda. Det fick inte bli för mycket varor som det blev senast. Det kunde göra riktigt ont i händerna att bära kassarna hade jag känt sist jag handlat, och det var en bit att gå från bussen. Efter att ha betalat, lastade jag in varorna i plastkassarna och gick mot busstationen. Snart skulle matbilen komma till Mörkullen. Då fick jag se vad han hade att erbjuda.

Jag tänkte på dagen som gått. Jag hade verkligen haft tur med mitt sommarställe! Fick jag igång Esters moped så blev det nog några sådana där goda pizzor hos Milano igen under sommaren! Nu skulle jag hem och installera mig ordentligt. Sedan blev det till att bekanta sig mer med byn och de omkringliggande delarna. Jag var lite nyfiken på de övriga som bodde i byn och kanske även den där Adolf på höjden. Undra om hans hund var snäll och trevlig?

Bussen stod redan vid hållplatsen när jag kom fram till torget. Jag skyndade på stegen, men plötsligt gasade bussen till och rullade iväg. Jag hade inte en chans att springa ifatt den. När jag kom fram till hållplatsen såg jag på tavlan att det skulle ta två timmar innan nästa buss gick. Skulle jag ta en taxi? Jag gick fram till en bänk vid torgkanten och satte mig.

"Missade du bussen?"

Jag vände mig om på bänken och såg en blå Saab stå där och puttra vid trottoarkanten. Sidorutan var nervevad, och ett kvinnoansikte var vänt mot mig. Jag såg nog ut som ett fån i ansiktet, för hon skrattade och sa:

"Ursäkta, men jag såg hur du tittade efter bussen! Och nu ser du väldigt nedslagen ut. Jag vet inte vart du ska, men jag ska köra samma håll som bussen och du kan hoppa av där det passar."

Jag reste mig från bänken och gick fram till bilen.

"Oj, det finns visst fortfarande vänliga och orädda kvinnor kvar på jorden! Jag tackar allra ödmjukast!" sa jag och öppnade dörren. Matkassarna satte jag på golvet framför mig.

"Jag har varit och hälsat på en äldre dam. Jag kommer inte härifrån så jag har ingen större koll på busstiderna. Men hur vågar du erbjuda mej skjuts?" tillade jag.

"Du ser inte så farlig ut så jag vågade fråga. Du såg så ömklig ut när bussen gick ifrån dej." Hon skrattade.

"Bor du långt härifrån? Jag ska tyvärr inte så långt men vi kan kanske köra ifatt bussen om du vill?"

"Hur långt ska du då? undrade jag.

"Jag bor i Mörkullen, om du har hört talas om det", sa hon.

Det verkade som jag hade hamnat mitt i en tid i livet då turen var som störst. Jag skulle kanske köpt en lott som Milano hade sagt. Här satt jag i en bekväm bil som skulle till byn jag bodde i. Inte nog med det! Bilen framfördes av en kvinna i ålder runt min egen, och hon såg frisk och glad ut. Hon körde ut från torget och vänder upp på vägen där bussen nyss hade kört.

"Ja, vart ska du?" frågade hon. "Du svarade inte på det."

"Ursäkta, men jag blev så paff när du sa Mörkullen. Jag har precis hyrt ett hus där så jag kan åka med dej dit om det passar?"

"Nej men vad trevligt!" sa hon, och hennes röst var mjuk och inte alls förställd.

"Det bor ju mest äldre människor där. Någon barnfamilj har också kommit dit. De äldre har väl svårt att klara sig själva i byn men än så länge har det inte blivit någon större omflyttning."

Hon gjorde en paus och fortsatte sedan.

"Var bor du då? Det finns inte så många obebodda hus i byn."

"Jag hyr fru Hagbergs hus, längst bort", sa jag.

"Det var väldigt vänligt av dej att ge mej skjuts! Jag såg att nästa buss inte skulle gå förrän om två timmar, så jag funderade faktiskt på att ta en taxi."

"Ja då hade du fått fungera en stund", skrattade hon, "man måste beställa en bil i förväg. Vi har inte så många som kör taxi här."

"Då hade jag ännu mer tur än jag trodde! Jag heter Sven förresten. Jag ska inte störa dej i bilkörningen med någon handskakning. Det får vi ta sen."

"Jag heter Maria och har ett enklare efternamn än du. Jag heter Ekblad."

Jag blev förvånad och kände mig osäker. Hade hon kollat upp mig och medvetet funnits på plats?

"Hur vet du vad jag heter i efternamn?" sa jag lite osäkert.

Hon skrattade till.

"Jag vet att man tycker att jag är *för* skojfrisk ibland, men det är så roligt när folk inte tänker på vad dom säjer! Du sa själv att du hette Sven Förresten."

Hon skrattade igen och jag var tvungen att skratta med. Sådana skämt brukade jag själv bolla med i huvudet men det var inte ofta jag sa det som jag tänkte. Jag slappnade av och bannade tyst mig själv för att vara så misstänksam. Jag tog ny fart:

"Hej", sa jag igen, "jag heter Sven Tropp, ett gammalt soldat-namn från gångna tider. Jag brukar bara säja Sven. Jag vet faktiskt inte varför. Det hänger kanske kvar från skoltiden då jag blev kallad både det ena och andra. Barn är ju duktiga på att rimma och kan det bli något lite uppseendeväckande så är det extra roligt.

"Jaså, det var ju tråkigt, men det får du väl inte höra nu för tiden?"

"Det blev väl lite repetitioner på det på jobbet när den där australiensaren sjöng om Sven Gren i TV. Och det gick i repris också."

Hon nynnade den välbekanta slingan ett par gånger och fnittrade sedan till.

"Jag förstår vad du menar", sa hon sedan, "men ta det inte så allvarligt utan kanske till och med positivt!" Hon koncentrerade sig på körningen.

"Nu svänger vi ner till lilla Mörkullen!" utropade hon när bilen sladdade till lite när hon svängde in på grusvägen.

"Jag skulle köpt det där huset på höjden", sa hon och pekade upp till vänster, "men nå´n annan hann före och bjöd kanske högre. Nuförtiden så håller man inte på utgångsbudet."

"Vet du inte vem som köpte det?" frågade jag.

"Nej."

"Enligt Per Svensson som är min närmsta granne, heter han Adolf Persson. Dom kallar huset för Fästningen eftersom han inte vill umgås. Han har visst en hund också." Jag tänkte efter. "Jag såg förresten honom för en vecka sedan när han hämtade pizzor hos pizzerian Milano", fortsatte jag. "Han hade en rostig röd Opel och en svart hund."

"Aha, då har jag nog sett honom någon gång", sa Maria.

"Men jag fick tag i ett litet nätt hus nere i byn, så det gjorde inget." Hon koncentrerade sig på körningen.

"Nu är vi framme!" sa hon sedan och svängde in Saaben på en uppfart bredvid ett litet vitputsat hus nästan mitt i byn.

"Kom med in och se hur jag har det. Dina varor kan vi ställa i kylen så länge."

"Tack, det räcker nog med att ha mjölken där", sa jag och följde med henne mot huset. Hon låste upp en liten röd dörr. Jag såg att fönstren också var rödmålade i en nyans som gick mot lila.

"Här bor jag!" sa hon och svepte ut med handen.

Vi kom direkt in i köket som var förvånansvärt stort och modernt. Under fönstret löpte en bänk med infälld diskho. På var sida av fönstret hängde väggskåp, och i ena hörnet stod ett skåp med både kyl och frys.

"Kan jag ställa in mjölken där?" frågade jag och pekade på kylen.

"Jag gör du det", sa Maria medan hon hängde av sig sin jacka på en fristående mässingsfärgad tamburmajor som stod strax innanför ytterdörren.

Till vänster fanns en dörr med en badrumsskylt. Ett valv öppnade sig mot ett trevligt inrett vardagsrum där en skön soffa och en stor TV var det som utmärkte sig först. Till vänster stod ett skrivbord framför ett fönster, med en dator och ett ställ med papper på i olika fack. Väggen till höger var fönsterlös. Där fanns en vackert vävd stor tavla som hängde mellan två bokhyllor.

"Sover du i soffan?" frågade jag eftersom jag inte såg fler rum.

"Nej, det finns faktiskt ett sovrum till höger om vardags-rummet, men dörren är så fiffigt placerad att man inte lägger märke till den meddetsamma."

Hon gick in i vardagsrummet och svängde till höger. Hon tog tag i den vackra gobelängen, som visade sig vara ett draperi som hängde ner strax under takvinkeln. Hon vek upp draperiet lite grand och visade att där fanns en dörr.

"Ja så här bor jag. Precis lagom för mej. Jag har ett fint jobb som jag oftast sköter här hemifrån." Hon pekade på datorn.

"Men du har väl någon liten vän någonstans", sa jag lite fiskande, "annars kan det väl bli lite ensamt."

"Det har väl funnits någon till och från, men jag kör in till storsta'n och gör något roligt när jag känner för det. Det är inte mer än fem mil dit."

"Ja, det är där jag jobbar", sa jag, "men nu är jag ledig hela sommaren och tänker utnyttja den till något slags projekt. Det blir nog till att skriva en bok, kanske om byn. Jag har börjat med vissa stolpar. Vem vet, du kanske också hamnar i den."

"Det verkar spännande", sa Maria. "Då får du kanske börja lära känna mej bättre?" Maria log. "Och så måste du börja bekanta dej med byn. Jag har nog lite skvaller att komma med."

"Spännande!" sa jag.

"Det var roligt att träffa dej! Jag har visserligen Per som granne, men det känns bra att också kunna tala med någon i ens egen ålder."

"Jaså det tycker du, men det skiljer nog en del år mellan oss. Det förvånar mej att du har en påse från Bolaget, men man kan ju alltid ha något annat i den!" hon smålog.

Jag kände att kinderna blev lite varma. Attans!

"Jag kan inte hjälpa att jag ser ung ut", sa jag nästan lite skamset, "men det är väl det som all reklam idag går ut på. Man ska se yngre ut än man är! Jag kanske skulle anlägga skägg eller en mustasch? Kassörskan på Bolaget såg lite menande på mej när jag skulle betala, så jag är medveten om mitt utseende."

Jag tog fram mitt körkort och visade henne, mest för att jag ville få lite upprättelse.

"Ja det kunde man ju inte tro! Du är ju ungefär lika gammal som jag!" hon skrattade till.

Härligt med glada människor tänkte jag, bara inte skrattet är missriktat.

"Nu kommer väl snart matbussen hit", sa jag och försökte byta samtalsämne, "då får jag köpa lite saker av honom, så han fortsätter att komma."

"Vad bra att du tänker på de gamla människorna i byn! Jag försöker också handla där så mycket jag kan", sa Maria.

"Sedan får jag ta mej in till Malmbäck igen", sa jag. "Där finns kanske något badhus eller liknande? I fru Hagbergs hus finns det bara ett handfat, men jag ska nog ordna en dusch i trädgården om jag kan."

"Men du", sa Maria "jag har både badkar och dusch, och till och med en tvättmaskin!"

Hon slog upp dörren med badskylten på. Ett ljust kaklat rum uppenbarade sig. Det var större än jag förväntat mig. Huset hade kanske en utbyggnad där? I bakväggen fanns det ett fönster med frostat glas. Kakelytan hade livats upp med en rad ljusblå plattor ovanför den generöst tilltagna spegeln i den annars gråvita ytan. Ett stort handfat i vitt med en modern vattenkran var monterat på en gråtonad träbänk.

I hörnet stod en tvättmaskin, och på motstående vägg bredde ett modernt badkar ut sig med sina utsmyckade lejontassar.

"Var det så här när du köpte huset? Det ser ju väldigt modernt ut."

"Ja dom hade precis fixat detta innan dom sålde. I hörnskåpet finns också en ny varmvattenberedare. Det blev kanske lättare för dom att sälja om det fanns ett riktigt badrum med tvättmöjligheter. Här kan du duscha om du vill! Är jag inte hemma så finns en extranyckel under blomkrukan utanför ytterdörren."

"Jag måste se väldigt ärlig ut", sa jag. "Hur vågar du annars vara så generös?"

"Jag var kanske inte riktigt ärlig mot dej. Jag hörde skvaller i byn att någon skulle hyra Ester Hagbergs hus, och så såg jag dej passera några gånger i förra veckan. Jag tänkte att det måste vara en ordentlig person som Ester tillåter att hyra sitt hus. Jag har också en bra intuition som jag litar på, och samtidigt skulle det vara roligt att träffa någon som man kan prata med utan att man klagar på sjukvård och pensioner. Och så ville jag överraska dej och låtsas att jag inte visste var du bodde!"

Hon log ett illmarigt men varmt leende. Jag kände en varm glädje i bröstet men också lite osäkerhet. Hade hon kollat upp mig mera? Jag slog ifrån mig tanken och ville se det positiva i händelsen. Det verkade som om jag hamnat i en riktigt vänlig by, precis som om den hade legat och väntat på mig och ville visa upp alla sina goda sidor. Till och med solen sken varmt från en klarblå himmel. Kunde det bli bättre? Men ibland flackade hennes blick och hon blev allvarlig. Hon kanske bara kände sig ensam och behövde någon hon trodde hon kunde lita på? Fanns det något annat som låg bakom? Jag slog bort tanken och vände mig mot henne.

"Jag hoppas att vi kan ses ofta framöver", sa jag. "Du kanske kan ge mej lite vinkar om det som händer i byn, så jag får lite uppslag till min bok?"

"Det hoppas jag också! Vi kan går runt i omgivningarna tillsammans! Uppe vid skogen finns en glänta som vi kan ha picknick i, om du vill!"

"Det låter trevligt! Det måste vi göra!" Jag gjorde en paus.

"Men tack så hemskt mycket för skjutsen!" sa jag sedan." Nu har jag stört dej länge nog. Nu får jag gå hem med mina varor. Vi ses nog snart igen!"

"Ja det hoppas jag!" sa Maria och log. "Tack själv för sällskapet."

Kapitel 9

Jag tog min ICA-kasse och gick ut på vägen. Solen hade dalat betänkligt. Jag kände den värma i nacken medan jag gick byvägen fram till "mitt" hus. Alla verkade vara inne och ha sitt att göra, för jag såg inte en människa. Jag låste upp och letade efter en kaffekanna. Nu hade jag druckit te i flera dagar och kaffet hos Ester hade väckt min kaffetarm. Någon bryggare kunde jag inte se så jag tog fram en gammal kittel ur bänkskåpet och skrämde samtidigt upp en lite mus som snabbt försvann ner i en springa mellan bänkbottnen och avloppsröret. Jaha, här får man nog täta till, tänkte jag medan jag tittade vad det fanns mer i skåpet. Jag kom på mig själv med att inse att jag inte riktigt gått igenom hela huset. Några kastruller, en lite balja i plast, en stekpanna i gjutjärn och lite annat smått och gott som jag inte gav så stor uppmärksamhet fanns i skåpet.

Jag fyllde vatten i kannan efter att först spolat en stund. Sedan på med kannan på den lilla plattan. Jag vred reglaget på högsta värme. Jag var verkligen kaffesugen. Nu gällde det bara att hitta något att brygga kaffet i. Jag hade varit förutseende med att köpa kaffefilter, för jag visste inte hur Ester hade lagat sitt kaffe. En eventuell kaffebryggare hade hon nog tagit med sig till sin nya bostad. Jag hittade en tratt som fick fungera som hållare till filtret. Det blev nog till att köpa en billig kaffebryggare framöver. Tratten placerade jag i en termoskanna, som jag hittade i över-skåpet. Perfekt! Vattnet kokade. Jag tryckte ner pappersfiltret i tratten, öppnade kaffepaketet och mätte upp kaffe med en matsked som jag hade hittat i lådan i bänken. Jag hällde för-siktigt i vatten så att sumpen inte rann över kanten.

Jag lade ner tratten i diskhon och tog fram en kopp som jag sköljde av innan jag hällde upp den mörka vätskan i koppen. Nu skulle det smaka med kaffe! Kaffet var hett och svart. Det var svårt att beräkna hur mycket vatten jag skulle slå i. Det fick nog bli lite mjölk i koppen, även om jag inte brukade ha något i kaffet. Jag gick bort till kylskåpet. Ingen mjölk! Jag hade glömt att ta ut den ur kylen hos Maria! Jag skulle ju också behöva den till gröten i morgon bitti. Det var bara att gå ut igen och ge sig bort till Marias hus. Tur att det inte var så långt.

Solen sken nu nästan parallellt med vägen. Jag såg ner i marken för att inte bli bländad. Jag kikade bort mot Marias hus och tyckte någon rörde sig där. Kanske Maria hade gått ut?

"Hallå!" ropade jag. En gestalt reste sig upp bakom Saaben. "Hallå!" ropade jag igen, "jag glömde mjölken!"

Gestalten sprang upp på vägen. Det var inte Maria. Skuggan svängde springande bort från mig. Det var bara en svart figur i motljuset. Jag tyckte solen skimrade i en röd kalufs men jag var inte säker. Vem var det? Jag fick nog gå runt och bekanta mig mer med invånarna i byn. Jag gick fram till bilen. Framdäcket såg väldigt platt ut. Det hade jag inte tänkt på tidigare. Jag knackade på.

"Hallå Maria!"

Hon öppnade med en frågande min.

"Hej igen! Vad vill du nu?"

"Mjölken", sa jag. "Jag glömde få med mej mjölken."

"Å, kom in så ska jag ta fram den till dej." Hon gick fram till kylskåpet och tog ut min mjölkpaket.

"Tack!" sa jag, tog emot det och fortsatte. "Har du problem med bilen? Det verkar som du har fått punktering? Du har kanske bett någon komma och hjälpa dej med det? Jag skrämde nog tyvärr iväg vederbörande i så fall när jag kom."

"Va! Nej jag har inga problem med bilen. Märkte du något när vi körde hem?"

"Nej, inte alls", sa jag.

"Vem var det som du skrämde iväg? Var det en man? Hur såg han ut?"

Hon blev upphetsad i rösten och frågorna kom stötvis.

"Det var motljus så jag såg inte så mycket. Det var nog en man, en kvinna rör sej inte på det sättet. Jag tyckte solen lyste lite i håret som nästan blänkte i rött."

Maria såg underlig ut. Hon hade blivit lite blekare om kinderna.

"Är det någon du känner?" frågade jag. Hon skakade på huvudet.

51

"Däcket verkar ha dåligt med luft", sa jag. "Har du något reservhjul så ska jag hjälpa dej att byta?"
"Vi tar det i morgon," sa hon och såg plötsligt ganska trött ut.
"Okej", sa jag, "tack för att du kylt mjölken!"

Jag gick, stängde dörren efter mig. Undrande tittade jag på däcket när jag gick förbi. Det var inte helt tomt på luft. Det kanske bara var ventilen som läckte? Det fanns väl inte någon här som gick omkring och saboterade för andra? Jag tänkte på vad Per sagt om att man måste låsa dörren idag och gick sakta hemåt med min mjölk i handen. Jag drack mitt kaffe och knaprade på några kex som fortfarande fanns kvar i förpackningen. Jag tänkte tillbaka på dagen och min lyckliga stjärna. Min mamma hade fött en riktig guldgosse med makalös tur. Jag skickade en tacksam tanke till henne på andra sidan, och kände mig väl till mods.

Jag tvättade av mig och tänkte på Marias härliga badrum. Tandborstningen avslutades med noggrant tandsticksarbete. Nu måste man vara ren i mun och lukta gott, när man konfronteras med det motsatta könet. Rakningen var det inte så noga med. Det skulle vara lite orakad uppsyn nu för tiden enligt de rådande trenderna hade jag förstått. Nåja, lite fjun hade jag väl, men min släkt hörde inte till de där mörka, hårfagra typerna. Man fick vara glad över andra viktigare goda egenskaper.

Jag startade upp datorn och läste igenom nyheterna för dagen. Det var mest tråkiga saker som rapporterades. Folk som sköt ihjäl varandra i våra svenska städer. Grymhet och osämja hade spridit sig över världen och kommit in i vårt kära gamla fosterland. Gamla nyheter fanns det också, men även de var tråkiga. Miljontals människor världen över som led av krig, hungersnöd och sjukdomar. Några goda nyheter fanns dock, även om de var få. Den lille Dennis hade återfått sin kära katt Sotis, efter att ha varit av med henne i en hel vecka! Hela glada familjen var samlad på bild med Dennis i centrum, och med Sotis i famnen.

Jag kröp ner i Esters svala vita lakan och tänkte på den där springande figuren utanför Marias hus som inte ville hälsa. Jag flöt in i drömmarnas rike med bilar i olika färger, snurrande pizzor och rödhåriga möss som sprang över golvet.

Jag vaknade av ljudet från en utdragen biltutas signal. Jag måste ha sovit väldigt tungt, för solen sken in genom rutan och jag förstod att klockan hade blivit en hel del. Jag gick snabbt på toaletten, slängde lite vatten i ansiktet och drog fingrarna genom håret. Gned mig snabbt med handduken, drog på mig t-tröjan och jeansen. Jympadojorna stod vid ytterdörren och jag gled elegant i dem på väg ut.

Kapitel 10

Matbussen stod parkerad ungefär mitt i byn och flera människor hade redan börjat samlas utanför. Jag visste inte vad klockan var. Jag hade varken fått med mig mobilen eller armbandsuret. Plånbok! Jag sprang tillbaka in igen. Ska man handla så måste man ha pengar att betala med. Jag fiskade upp plånboken ur kavajens innerficka och tog med mobilen från sovrummet på samma gång. Mobilen visade 08.34. Det var ju inte så farligt sent. Jag trodde att bussen skulle komma senare, kanske vid tiotiden. Men nu stod den här. Det stod flera personer som jag inte kände igen, eller som jag inte hade träffat förut utanför dörren till bussen. Jag fick väl bekanta mig med dem senare. Per stod en bit bort och jag gick fram till honom.

"Hejsan!" sa han," jag såg dej inte mer igår. Gick det bra hos fru Hagberg?"

"Hej! Ja det gick väldigt bra. Hon hälsade till dej. Det verkade som om hon trivdes på hemmet. Men det kan ju inte jag veta så här fort men du vet nog bättre. Jag var inne hos henne en stund. Vi fikade och pratade."

Per nickade och tog det lilla trappsteget upp i bussen. Jag visste inte hur många som fick plats samtidigt inne i bussen, så jag väntade tills någon annan kom ut.

Ett ansikte med vitt helskägg uppenbarade sig snart i dörröppningen.

"Hej Arne!" ropade jag "Vill du ha ett armstöd när du går ner från bussen?"

"Hej du! Ja tack, det säger jag inte nej till. Det känns otäckt att ta sig ner. Ser så bra gör jag inte heller! Man skulle göra bussarna lägre!" Han grymtade till och räckte ut armen mot min utsträckta hand.

"Det går nog tyvärr inte," sa jag samtidigt som jag spände armen och stödde honom ner på vägen, "då hade nog bussen slagit i marken. Man har ändå sänkt den lite ser jag, om man jämför den med bussen till Malmbäck."

"Ja tack ska du ha." Han pustade lite. "Jag känner att man inte är fyrtio längre."

"Det är klart du är fyrtio", skojade jag, "och så har du kanske blivit lika många år till!" Jag tänkte han skulle livas upp lite. Det var nog inte så roligt att sitta ensam i sitt hus. Han tittade undrande upp på mig innan han förstod skämtet och skrockade till.

"Ja det har du ju rätt i."

"Du Arne, förresten", sa jag och vände mig mot honom, "jag såg att du har en cykel."

"Ja den lånar jag inte ut!" sa han med eftertryck.

"Nej, nej, jag hade inte tänkt fråga om det heller, men jag tänkte att du kanske har en pump hemma för däcken?"

"Jag klarar inte längre av att pumpa för hand, men Greta har köpt en elektrisk pump till mej. Ja, jag har betalat den själv så det är ingen välgörenhet eller så från kommunens sida. Varför undrar du det?"

"Jo, jag har pratat med fru Hagberg och hon nämnde att det stod en gammal moped i hennes skjul på tomten som jag kunde få låna om jag fick igång den. Då behöver den säkert pumpas."

"Ja den kan du kanske få låna om du är rädd om den." Arne granskade mig. "Det finns faktiskt flera olika munstycken till den så det finns nog något som passar", sa han sedan.

"Då kan man kanske pumpa upp ett bildäck också", undrade jag.

"Va, har Ester Hagberg en bil i skjulet också? Jag visste inte att hon hade körkort en gång!" Arne såg förvånad ut.

"Nej hon har ingen bil, men Marias ena bildäck behöver lite luft. Det verkar som om det har läckt." Jag ville inte nämna något om den okände mannen.

"Jaså, har du träffat Maria och är bekant med henne redan?" Han tittade lite pillemariskt på mig och blinkade. Jag kände det hettade till i öronen.

"Jo lite romantik behövs i byn", sa han. "Jag har nämnt det för Greta, men hon är inte intresserad." Han skrockade.

"Kom bort när det passar, så får vi se hur det fungerar. Det gick bra till däcket på min skottkärra så det kanske går."

"Tack för det. Jag kommer när jag burit hem mina varor", sa jag.

Arne gick vidare mot sitt hus och svängde med käppen.

Jag tog steget upp till bussdörren och gick in.

Bussen verkade mycket större på insidan än vad man kunde tro när man såg den utifrån. Här fanns mycket mer än jag hade kunnat tänka mig. Två kunder fanns redan och tittade på vad de behövde. Jag hade inte träffa någon av dem tidigare.

"Hej, jag heter Sven", sa jag frimodigt. De tittade bort mot mig.

"Hej", sa de men inte mera. Det fanns kanske lite misstänksamhet mot nya ansikten i byn?

"Hej", sa jag vänd mot ägaren, en svarthårig man med helskägg. "Vad heter du?"

"Jåsef" sa butiksägaren. "Vad önskas?"

"Jag ser mej om lite först", sa jag och tittade runt på hyllorna. Fiffiga hyllor med en ribba i framkanten, så att inget skulle ramla ner när bussen kördes. Här fanns konserver för många smakriktningar. Kundkorgar stod staplade på ena sidan dörren. Jag tog upp en och lade ner två burkar av Soldatens ärtsoppa och en burk Gulaschsoppa. I en liten monter fanns pålägg och andra charkuterivaror. Jag tog en förpackning med prickekorv och en påse wienerkorvar. Här skulle det ätas! De andra kunderna var klara och betalade. De gick utan att säga något.

"Har du mjölk?" frågade jag.

"Vilken sort vill du ha?"

"Det går bra med en treprocentig om du har, och gärna lite vispgrädde också."

Han ställde varorna på en liten disk. Det låg bröd på hyllorna bakom honom.

"Jag tar en så'n där halvfin limpa också", sa jag och pekade på det brödet jag ville ha.

"Du tänker kanske inte på hur väl du gör för byborna", sa jag, "men detta måste hjälpa dom mycket! Kör du runt i många andra byar också?" Han nickade och lade brödet i en påse.

"Kan man beställa saker du inte har i bussen?" frågade jag.

"Det berår på. Inget sprit eller vin. Annars det mesta", sa Josef med en smittande dialekt. Konstigt att man så gärna vill härmas!

"Jag skulle behöva en elektrisk kaffebryggare som inte är för dyr."

Han gick bort till ett skåp och tog fram en enkel vit bryggare.

"Du kan köpa den här. Hon som beställde den kom aldrig tillbaka. Trehundra krånår."

"Jättebra! Har du Bregott också?"

"Bara Flåra och smör."

"Då tar jag en Flora. Hur mycket blir det?"

Josef räknade på en lite fickräknare.

"Du tar väl inte kort?" frågade jag.

"Jo."

"Det var bra. Jag brukar inte ha så mycket kontanter på mej."

Han tog fram en liten apparat med ett fönster, slog in summan och räckte den mot mig. Jag stack in mitt kort i springan, slog min kod och tryckte på den gröna knappen. Efter en stund pep det till, och en remsa matades ut från apparaten.

Josef räckte kvittot till mig.

"Tack", sa han och hans bruna ögon tittade vänligt på mig.

"Tack själv!" sa jag. "Jag bor här i byn under sommaren, så vi kommer nog att ses igen. Hej då!"

Jag öppnade dörren och gick ner för de få trappstegen. Det verkade som jag var den sista kunden. Jag hade inte sett till Maria. Jag glömde fråga om hur länge bussen stod kvar i byn, men det varierade nog eftersom han hade tutat så länge när han anlände. Jag gick hem med mina varor och ställde in dem där jag tyckte de skulle passa. Kylen var snart full.

Jag gick ut igen på vägen. Jag skulle glädja Maria med att vi nog kunde få luft i däcket igen. Jag kom fram till det lilla vita huset och knackade på dörren. Det dröjde en stund innan hon öppnade.

"Hej, kom in." Hon såg inte alls så frisk och glad ut som igår.

"Är du sjuk? Har det hänt något?"

Hon hade blivit blekare, och jag såg in i hennes rödsprängda ögon.

"Vad är det? Har du gråtit?" mina frågor rann ur mig och visade på min oro.

"Den där figuren igår......", hon tystnade.

"Ja?"

"Jag vet kanske vem det skulle kunna vara, men om det är han så vet jag inte om jag vågar bo kvar här." Hon ryste till och underläppen darrade. Hon fortsatte.

"Det kan vara någon som vill mej riktigt, riktigt illa. Kanske till och med önskar ta livet av mej!"

Jag drog efter andan.

"Nu får du berätta vad det handlar om!" sa jag med oro i rösten.

Kapitel 11

Maria satte sig tungt i soffan. Jag satte mig bredvid henne och lade en beskyddande arm om hennes axlar. Hon lutade sig lite mot mig.

"Jag har sovit så dåligt i natt", började hon. "Det är precis som om mitt gamla liv håller på att jaga ifatt mej. Det kommer upp den ena bilden efter den andra."

Hon skakade ofrivilligt till. Jag undrade hur hennes tidigare liv egentligen hade varit. Jag kände ju henne inte alls. Maria verkade vara en glad och bekymmerslös person. Det syns inte alltid utanpå om människor har farit illa i livet.

"Jag vet inte om jag orkar tala om det nu", sa hon.

"Jag skulle bara vilja dricka något varmt, och sova en stund igen."

"Jag sätter på vattenkokaren", sa jag, "så ordnar jag lite te och honung."

Jag letade fram kopp, sked och honungen. Det fanns en del olika tesorter. Jag valde citron och tog en sked honung i det varma teet och rörde om.

"Här! Drick när du tycker det har blivit tillräckligt svalt. Jag går en runda i omgivningarna och bekantar mej lite, så kan du vila dej. Jag tar med mej nyckeln där ute och låser när jag går, så du behöver inte vara rädd för att det dyker upp någon annan än jag när du hör att dörren låses upp."

"Tack", sa hon matt och läppjade på teet. "Tack för att du tänker på mitt bästa."

Jag nickade och gick ut, tog nyckeln under krukan och låste dörren. Jag stoppade nyckeln i fickan och bestämde mig för att först gå till Arne och låna hans elektriska pump.

Arne syntes inte till vid det grå huset där jag tidigare sett honom. Jag gick fram till ytterdörren och knackade på.

"Kom in!" hördes en myndig stämma inifrån huset. Jag kände igen Arnes röst, öppnade dörren och klev in.

"Hej Arne! Det är bara jag, Sven!" sa jag och fortsatte in i huset.

"Jag sitter här i köket! Kom hit!" Arnes röst lät militärisk. Kanske en gammal kapten, tänkte jag. Jag fortsatte fram till köket. Arne satt vid köksbordet med en kopp framför sig. På bordet låg en uppslagen dagstidning.

"Hej du! Jag sitter här och läser om människosläktets förfall." Han kliade sig i huvudet.

"Jag ska inte störa", sa jag, "men tänkte att jag kanske kunde få låna den där pumpen av dej?"

"Nej du stör inte alls. Jag har tagit fram pumpen. Den ligger där borta i lådan på golvet." Han pekade mot en gammal trälåda med urfrästa hål i sidorna som skulle fungera som handtag.

"Du får själv ordna med förlängningssladd om du behöver. Det har jag ingen. Sladden till pumpen är tillräckligt lång för mej."

"Ja det ordnar sej nog", sa jag. "Tack så länge."

"Ska du inte stanna och prata en stund? Jag har kaffe kvar i kannan."

"Jo, det kan jag göra", sa jag och gick fram till köksskåpen. "Brukar det hända mycket här i byn?" Jag tänkte på figuren som inte ville hälsa utan sprang så fort jag såg den, samtidigt som jag självsvåldigt plockade ner en kopp från skåpet.

"Nej, här händer det inte mycket alls! Jag läser tidningen nästan hela dagen. Annat var det förr. Då behövdes mycket tid till att ta hand om buset. Men det var ju mycket mer oförargligt än vad som händer idag med dom där vettvillingarna, som spränger sej själva i luften!" Arne hade fått upp ångan och blev nästan andfådd.

"Men hade militären nåt med dom att göra?" undrade jag.

"Militären! Vad har du fått det ifrån? Nej jag har jobbat som polis nästan hela mitt liv. Jag har upplevt samhället som mer och mer våldsamt. När jag började som polis var det sällan någon som gick och sköt på gatorna med pistol. Det var på sin höjd lite smällare vid påsk och nyår."

"Tiden har sannerligen förändrats", höll jag med om.

"Har byn också blivit oroligare?" frågade jag och tänkte på Maria igen.

"Jag vet inte vad jag ska svara på det", sa Arne och strök sig i skägget, "men jag har hört av Per att man låser sina dörrar idag. Jag håller mej mest här i huset, så jag vet inte så mycket om det."

Vi pratade lite om ditt och datt, tills jag kände att jag behövde gå vidare.

"Tack så mycket Arne, men nu måste jag nog gå och se till mopeden." Jag reste mig från stolen. "Men vi ses väl snart igen hoppas jag!"

"Ja, ja, vi ses väl då. Glöm inte lådan!" Arne vände sig åter mot sin tidning. Jag tackade igen, lyfte upp lådan med pumpen och gick ut.

Jag beslöt mig för att först gå och titta till mopeden, innan jag skulle försöka pumpa Marias däck. Jag ville inte störa henne med något oväsen just nu. Jag ställde ifrån mig lådan utanför dörren. Gick in och hittade skrinet i linneskåpet.

Där låg en nyckelknippa överst. Där under låg några hopvikta pappersark. Jag tog nyckelknippan och lade tillbaka skrinet där jag tagit det.

Nu hade jag fått veta vad som fanns bakom den låsta dörren i skjulet. Jag gick ut och fram till skjulet. Jag gick genom den första dörren som jag inte hade stängt efter mig tidigare eftersom den skrapade så i marken. Inne i dunklet sökte jag mig fram till den inre dörren.

Jag tog upp nyckelknippan som jag hade stoppat i byxfickan och jämförde nycklarna med låsets utseende. Jag provade en nyckel för cylinderlås och den passade. Jag fick vrida den två varv innan dörren kunde öppnas. Jag tryckte ner handtaget och drog upp dörren. Gångjärnen skrek ut sin saknad av fett och olja. Där inne var det ännu mörkare. Skulle jag fråga Per om han hade en ficklampa att låna ut?

Jag kom att tänka på något jag sett. Mobilen! Jag hade inte tänkt på det förut, men mobilen hade en del hjälpmedel. Jag hade själv använt kalkylatorn, men nu kom jag på att det också fanns en ficklampa i mobilen.

Jag gick ut i ljuset igen och öppnade mobilen. Jag letade i tablåerna efter hjälpmedel och annat. Till slut hittade jag den lilla symbolen och flyttade den till öppningssidan. Det var bra att ha den där. Jag tände upp och gick in i skjulet igen.

Innanför dörren stod en gammal snöbjörn. Den hoppades jag slippa använda i sommar. En hylla med diverse burkar och dunkar stod uppställd vid den ena väggen och där innerst skymtade jag en gammal Crescent-moped. Den var låst med en kedja. Jag letade på knippan av nycklar och hittade till slut en nyckel som passade. Jag ledde ut mopeden på gräsmattan. Däcken behövde verkligen pumpas. Lite sprickor i gummit syntes här och där. Det fick ge sig om de dög att köra på när luften hade kommit i.

Jag ledde fram mopeden till huset. På hyllan i skjulet hittade jag en trasa som jag kunde damma av den med. Det fick bli en tvätt senare om den gick igång. Där hittade jag också en förlängningskabel och en halv dunk oljeblandad bensin till mopeden och en dunk med lite oblandad bensin på botten, som antagligen var till motorgräsklipparen.

I vardagsrummet letade jag upp ett eluttag som satt nära fönstret. Jag öppnade fönstret och kopplade förlängningssladden i uttaget och kastade ut resten av sladden i trädgården. Jag tog med lådan med Arnes elpump när jag gick tillbaka till trädgården. Nu gällde det bara att förstå hur pumpen fungerade, men kunde Arne så skulle väl jag kunna klara det. Jag lyfte ut pumpen ur lådan. I en liten papplåda i lådans botten fanns tre olika munstycken att ansluta till luftslangen, som avslutades med ett gängat rör i mässing. Jag skruvade av hatten på den ena ventilen och tittade efter vilket munstycke som kunde passa. Skruvade på det valda munstycket på luftslangen och tryckte ner det över mopeddäckets ventil. Pumpens elsladd kopplade jag ihop med förlängningssladden. Ovanpå pumpen satt två knappar med symboler. Den ena knappen var röd och den andra grön. Jag tryckte på den gröna knappen. Pumpen startade med ett tyst svischande ljud. Däcket växte allteftersom luften fyllde det.

Jag stoppade pumpen när jag tyckte det var lagom tryck i däcket, skruvade på hatten över ventilen och gjorde samma procedur på bakdäcket. Nu återstod att se om luften stannade kvar. Jag plockade ner pumpen i lådan igen efter att ha kontrollerat oljenivån genom att skruva ut en mätskruv. Förlängningssladden fick också plats där, efter att jag varit inne och dragit ut kontakten och stängt fönstret. Mopeden fick stå där så länge tills jag såg att luften stannade kvar i däcken.

Jag tog lådan och gick bort till Maria för att försöka få luft i det halvtomma bildäcket. Jag knackade försiktigt på dörren och låste upp. Jag ville inte skrämma henne genom att bara börja låta där ute.

Maria satt vid köksbordet och åt något som såg ut som äggröra. Bredvid låg en rostad brödskiva och ett glas vatten. Hon såg nyduschad och fräsch ut.

"Hej!" sa hon, "har du bekantat dej med byn nu?"

"Nej, det har jag inte hunnit med än. Jag har lånat en motorpump av Arne och pumpat fru Hagbergs moped. Nu tänkte jag försöka få mer luft i ditt sumpiga bildäck."

"Å vad bra," sa hon, och nu verkade den rädda Maria ha försvunnit.

"Är du okej?" frågade jag. "Du verkade skärrad tidigare."

"Jag var nog bara trött och överreagerade. Jag hade en fästman en gång som blev väldigt konstig och aggressiv efter ett tag. Han hotade och misshandlade mej när jag ville göra slut, så jag tänkte direkt på honom när du hade sett en person här utanför. Men sedan lugnade jag ner mej. Han sitter säkert fortfarande på en anstalt någonstans långt härifrån."

Hon log det där varma leendet som jag fick då vi träffades första gången.

"Se inte så där misstänksam ut, utan gå ut och pumpa!" sa hon med sitt smittande skratt.

"Okej, okej," sa jag och gick ut genom dörren.

Kapitel 12

Med rätt munstycke lyckades jag fylla upp däcket på Saaben efter att jag hittat ett eluttag under Marias fasadlampa och fått igång pumpen. Jag fick skruva åt ventilen med en liten nyckel som fanns i tillbehörslådan till pumpen. Det verkade som om innerdelen av ventilen inte var helt inskruvad. Det var nog därför som det hade läckt ut luft. Jag upptäckte en liten oljefläck under bilen, men tänkte inte så mycket på det. Gamla bilar droppar lite olja ibland. När jag var klar med pumpen och hade fått ner alla tillbehör i lådan, så sa jag hej till Maria och gick för att lämna tillbaka den till Arne och tacka för lånet.

Vid en liten markväg till höger stod en hemmagjord skylt med texten "Ägg till salu". Jag kom på att jag hade glömt att köpa ägg av Josef och beslöt mig för att gå upp mot gården som låg ett femtiotal meter bort. Vägen lutade sakta uppåt, vilket gjorde att gården låg majestätiskt lite högre upp än byn i övrigt. Jag lät lådan med pumpen stå kvar vid Marias bil, innan jag började gå upp mot gården.

En ung man med blå overall stod vid sidan om ett uthus, när jag kom fram mot gården. Han spolade av något slags verktyg med vatten från en orange vattenslang, som ringlade sig bort till en vattenutkastare.

"Hej! Var säljer ni äggen?" undrade jag. Han stängde av vattnet och tittade upp.

"Ser du skylten på dörren där borta?" Han pekade mot ett annat uthus." Det är bara att gå in där och plocka till dej vad du behöver och lägga pengarna i skrinet."

"Det är roligt att det fortfarande finns dom som tror på människors ärlighet", sa jag. "Jag heter Sven, och hyr fru Hagbergs hus."

"Jaha du, okej." han tog av sig mössan och kliade sig i nacken.

"Då får jag hoppas att du kommer att trivas. Jag heter Jonas och är son här på gården. Mina föräldrar bor här bakom i ett mindre hus som brukar kallas Undantaget, men jag tror att dom trivs bättre där än i mangårdsbyggnaden som kanske är för stor för dom nu." Han tog på sig mössan igen och fortsatte. "Det var faktiskt en av våra arbetare här på gården, Erik, som köpte Esters hus av far. Det hade tillhört gården tidigare. Erik träffade Ester i stan och ljuv musik uppstod, som det heter. Nu är det bara Ester kvar. Erik fick inte leva så länge. Roligt att någon bor i huset nu. Det är inte bra för hus att stå tomma."

"Aha, du känner Ester? Jag har bara träffat henne ett par gånger. Hon verkar inte vara en sådan kvinna som behöver flytta till äldrevården. Hur kan det komma sej?"

"Nej, det får du tala med Ester om. Hon kanske tyckte det var tomt i huset efter Erik. Här blir ganska mörkt om vintrarna. Kanske kände hon sej osäker, jag vet inte. Som sagt, det får du prata med Ester själv om." Han vände sig åter mot sitt redskap och jag förstod att det var slutpratat.

Jag gick mot dörren med Äggskylten och såg mig samtidigt om. Det såg ut som en stor och välskött gård. Ägorna låg väl där bortom husen och ladugården. Jag öppnade dörren. Där inne var det svalt och halvskumt. Det var inte bara ägg som erbjöds. Här fanns diverse grönsaker och potatis uppvägda i olika påsar med priser på. Jag kontrollerade hur mycket kontanter jag hade med mig. Här kunde man inte betala med kort. Äggen hade ett pris på två kronor styck. De såg stora och goda ut. Jag plockade ner sex stycken i en brun påse som jag tog från en liten hög vid sidan om. En bärkasse i brunt papper med stadiga handtag köpte jag också. En liten påse potatis och några morötter åkte också ner i kassen. Det blev precis jämna pengar som jag tryckte ner i springan på det svarta skrinet som stod på en pall vid sidan om dörren.

Jag ropade hej till Jonas när jag gick hemåt med mina varor. Sedan vände jag åter mot Arnes hus för att lämna tillbaka pumpen. Maria syntes inte till när jag passerade hennes hus, men Saaben stod kvar, och det gjorde också lådan med pumpen, som tur var.

Jag knackade på hos Arne, men ingen öppnade. Jag gick runt huset, och där satt han i solgasset vid ett gammalt trädgårdsbord.

"Hej Arne!" sa jag. "Jag vill bara lämna tillbaka pumpen och tacka för lånet."

"Hej du! Är den fortfarande hel och funktionsduglig?"

"Ja-a då! Jag har till och med monterat tillbaka det munstycket som satt i från början och kontrollerat oljenivån i motorn, den var bra."

"Jaså ska man göra det också? Då var det kanske tur att du lånade den så det blev ordnat!" Han skrockade likadant som jag hört tidigare.

"Sätt dej, så får vi prata lite. Vill du ha nåt?" Jag skakade på huvudet.

"Ställ lådan där, så bär jag in den sen." Han pekade på en plats intill huset. Jag ställde lådan och satte mig vid bordet.

"Ja Greta kommer inte på ett tag ännu", han tittade på sin klocka, "så vi kan prata en stund om du vill."

"Jag skulle gå runt och se mej omkring, men det hinner jag nog med. Har du något skvaller att komma med?"

"Nää du, här händer inte så mycket som jag sa tidigare. Jaså du är ute efter skvaller? Är det något uppslag du vill ha till en bok eller nåt? Eller du kanske är en privatdeckare?" Jag skakade på huvudet.

"Nej, det blir mest Greta som kommer", fortsatte Arne. "Hon är en riktig klippa! Hon kan komma hit på en lördag eller söndag på sin lediga tid, bara för att se hur jag mår. Jag hade tur att få henne. När jag började se dåligt och få värk i lederna, så ringde jag kommunen och frågade om jag kunde få lite hjälp." Arne vände sig om och tittade på mig.

"Det kom hit en riktig matrona som ställde massa frågor och rotade runt i hela huset!" Arnes ansikte blev helt förändrat när han försökte härma hennes utseende.

"Hon sa att det skulle komma någon och hjälpa mej med mat och städning. Tror du inte att hon skickade både kreti och pleti!" Arne började få upp ångan.

"Här dök upp både kineser och negrer och även andra mörkhyade individer. Och inte kunde man tala med dom heller. Dom förstod inte vad jag sa, och vice versa!"

Nu hade Arne blivit riktigt upphetsad och andfådd. Jag var rädd att han skulle tuppa av. Han tystnade och började återfå normal andning.

"Men jag ringde upp matronan som bestämde, och sa att jag ville ha någon som jag kan prata med och förstå", fortsatte Arne.

"Sedan kom äntligen Greta. Jag hade tur. Man läser i tidningarna om gamla människor som inte har en aning om vem som kommer eftersom det varierar med olika människor hela tiden. Det är inte konstigt att man kan lura oss gamlingar och säja att man kommer från Hemtjänsten, och sedan går in och stjäl både pengar och annat!" Han tystnade när ångan började stiga igen.

"Men då har du haft stor tur som fått Greta i alla fall!" sa jag." Får du inte mycket information genom henne? Hon berättar väl om sej och sitt liv?"

"Ja, Greta är en pärla!" sa Arne, "men hon vill mest höra hur jag har det och om mitt tidigare liv." Arne strök sig i skägget. "Nu när du nämner det så är det mest om mej vi pratar. Jag vet egentligen inte så mycket om henne. Jag ska ta upp det nästa gång hon kommer."

"Tycker du inte att det är konstigt att hon dyker upp även på helgerna?" undrade jag.

"Hon är så vänlig! Hon har kanske ingen annan att umgås med, vad vet jag. Men som sagt, jag ska ta upp det med henne."

"Ja", sa jag, "gör du det. Då kan ni kanske prata mer om henne nästa gång."

"Du, vi pratar om nästan allting annars. Hur det är i byn, och hur det varit. Hur jag hade det som barn. Jag tror att Greta är den som känner mej mest av alla och vet det mesta som händer i byn, men som du säger, jag vet inte så mycket om henne."

Arne gjorde en paus.

"Jag träffar Per ibland, men det är inte roligt att bjuda hem honom. Han har svårt med spriten, och om vi skulle ta en kaffegök så fortsätter han att bliga på flaskan hela tiden tills han får en ny gök. Det blir ingen reda med samtalen."

"Jag har köpt en fin flaska whisky i stan", sa jag, "då är det kanske inte värt att bjuda honom på den?"

"En fin whisky! Ha, den kastar han rätt in i gapet! Nej det är som att strö pärlor till svinen, eller vad man nu säjer. Jag däremot njuter gärna av en god whisky!" Han blinkade med ögonen och log.

"Jag kommer en dag och bjuder dej som tack för att jag fick låna pumpen. Nu ska jag gå runt i grannskapet och bekanta mej. Jag har redan varit och köpt ägg och grönsaker hos Jonas. Han sa inte vad han heter i efternamn."

"Han heter Brüder. En gammal fin och rik släkt med anor från Österrike. Då fick du kanske reda på att Esters hus kom från dom från början?"

"Ja, han nämnde det, men det verkade som han inte ville prata för mycket om Ester Hagberg. Jag frågade något, men han sa att jag fick ta det med Ester."

"Han ville väl inte komma med något sladder om henne. Dom är ju nästan släkt!" Arne grymtade. Jag visste inte om det var skratt eller tvivel som lät.

"Hur då släkt, menar du?" frågade jag.

Arne drog sig i skägget.

"Det är ju skvaller, och vi ska inte sitta här ute i trägår'n och prata om det. Det finns öron runt omkring. Vi tar det nästa gång, så kan vi sitta inne i köket, och du kan kanske ta med den fina ... ja du vet!" Han plirade med ögonen.

"Okej, tack så länge då", sa jag och reste mig från stolen. "Vi ses!"

"Absolut! Men inte med nån Absolut! Där fick jag till det va!" Arne skrattade och jag gav mig av runt huset igen.

Väl uppe på vägen började jag gå uppför avstickaren till höger där den så kallade "Fästningen" låg på höjden. Solen sken och drev fram några svettdroppar på pannan. Gruset knastrade under skorna. Jag kom fram till en gräsmatta med många maskrosor. Jag tycker det är vackert med maskrosor, men många ser det som ogräs och plockar bort dem ur gräsmattan. Framför ett öppet garage stod en man och fixade med något under huven på en röd, rostig bil. Opeln, tänkte jag. Hans huvud skymdes av den öppna motorhuven.

En svart labrador kom fram till mig och viftade på svansen. Jag sträckte inte fram handen utan talade bara till hunden.

"Hej lilla vän, vad fin du är."

Mannen tittade fram bakom huven.

"Rex hit!" ropade han med skarp stämma.

"Hej!" sa jag, "han besvärar mej inte alls."

"Rex hit!" ropade mannen igen. "Han ska inte bekanta sej med några jävla främlingar!"

"Jag bor i byn och heter Sven."

"Jaha du, men här uppe vill vi vara i fred!"

"Är ni många som bor här?"

"Du ska inte komma hit och snoka! Jag och min hund vill vara ifred!"

Hunden lommade fram till mannen men vände sig om och tittade på mig när han satte sig ner bredvid bilen.

"Stackare", mumlade jag.

"Har du inte gått än?" Han tittade åter fram bakom huven.

Jag fortsatte på vägen utan att svara honom. En sur typ, tänkte jag. Det kan inte vara lätt att heta Adolf. Mobbad i skolan. Jag vände mig om medan jag gick. Hunden låg nu i skuggan av bilen. Huven var fortfarande öppen, men ingen människa syntes till. Jag kände ändå blickar i nacken från huset. Jag skyndade på stegen. En lite skogsdunge visade sig längre fram. Jag satte mig på en sten i skuggan av skogen och tittade ut över byn och kringliggande gårdar. En mycket pittoresk tavla från det verkliga livet. Åkrar och ängar bredde ut sig framför mig. Långt borta gick kor och betade. Mitt i ett fält stod en övergiven lada, märkt av tidens tand. Träet var grått som sten, och taket såg ut som en leende mun.

Här fanns gott om upplevelser, antagligen många skiftande historier i de små husen. Många dolda för världen omkring. Några glada, några sorgesamma. Detta är världen i miniatyr tänkte jag och funderade på innehållet i min bok.

Jag gick tillbaka ner tlll byn. Nu ville jag få Maria glad igen. Jag upptäckte att jag tänkte på henne med värme. Jag kom fram till huset, knackade på och gick in. Maria satt framför sin dator och arbetade.

"Hej igen!" sa hon glatt när jag steg in genom dörren. "Jag måste få iväg det här till kontoret innan dagen är slut. Du kan väl komma hit ikväll, så kan vi äta en bit och se på TV?"

"Det låter jättetrevligt", sa jag. "Då ska jag inte störa dej. Nu går jag hem och fixar lite, så kommer jag se'n. Hej så länge!"

Maria sa hej och fortsatte med arbetet hon höll på med. Jag gick ut och låste dörren.

Jag gick direkt till mopeden som stod parkerad i trädgården. Däcken såg ordentligt välfyllda ut. Då var de fortfarande användbara. Jag började putsa av ramen, hittade lite verktyg i skjulet och skruvade av tändstiftet. Det behövdes nog ett nytt, men jag gjorde bara rent det med en stålborste och kontrollerade avståndet mellan elektroderna. Det såg bra ut. Jag skruvade på det igen.

Jag fyllde på lite av den oljeblandade bensinen, öppnade bensinkranen och såg till att bensinen kom ner i förgasaren. Sedan kickade jag till på trampan. Inget hände. Jag fick nog pröva några gånger. Moppen hade säkert stått still länge och behövde smörjas upp. Efter fjärde försöket brummade den igång och dog direkt när jag vred på gashandtaget. Jag startade igen utan att gasa. Mopeden puttrade på och motorljudet blev jämnare. Bra! Jag stannade den igen och började göra den grundligt ren så man kunde köra utan att bli smutsig på kläderna. I morgon skulle jag provköra den.

Jag tittade bort mot Pers hus och undrade om jag hade stört honom med mopeden, men jag kunde inte se in i hans trädgård för de täta buskarna som skiljde tomterna åt och som hade blivit ganska höga efter många år utan tuktning. Det var helt tyst så jag antog att han var inne och vilade sig eller något. Nu tänkte jag på kvällens händelse. Jag måste ha något rent och snyggt på mig när jag skulle träffa Maria. Mina rena kläderna började ta slut. Det var bara till att gå in och börja tvätta! Men först måste jag ordna något att hänga upp den våta tvätten på, så den kunde torka.

Jag gick in i skjulet och leta efter något användbart. Där låg en hoprullad lina som säkert använts som torklina en gång i tiden, eftersom det fortfarande satt klädnypor kvar här och där. Det stod ett gammalt äppelträd mitt på gräsmattan och jag fäste linan i en kraftig gren. Linan var några meter lång och jag letade efter ett lämpligt ställe att fästa den i. Det fanns en krok utanpå skjulet, och jag testade om linan gick dit. Det var perfekt! Spänd och bra. Nu gällde det bara att tvätta mina kläder. Vasken i köket gick utmärkt att använda som tvättho. Ester hade till och med en plastbalja i underskåpet som jag sett skymten av tidigare. Där lade jag i tvätten mellan vattenbytena. Jag bar ut baljan i trädgården och vred ur vattnet innan jag skakade av plaggen och hängde dem på linan att torka. Jag kände mig stolt. Ett bra dagsverke!

Dagen närmade sig kväll. Det var konstigt att jag inte kände mig hungrig, men törsten gjorde sig påmind när jag gick in. Jag hoppades att Maria skulle ha något gott att bjuda på. Själv hade jag inte hunnit proviantera så mycket. Josef hade kanske lite öl i sitt sortiment, men snart tänkte jag köra till Ester och då kunde jag kanske handla något. Jag hade sett att mopeden var välutrustad med packväskor på båda sidor om pakethållaren.

Jag tvättade av mig och borstade tänderna. Jag tittade igenom min torftiga garderob av kläder som fortfarande var rena och torra. Jag hoppades att Maria inte hade den föreställningen om att det är kläderna som gör mannen. Det fick bli ett par jeans och en rutig skjorta.

Det växte faktiskt lite blommor här och där i trädgården, så jag samlade ihop en liten bukett som jag skulle lämna till Maria i brist på den obligatoriska vinflaskan. Jag kände mig upprymd och glad när jag med bestämda steg gick mot det lilla vita huset.

"Oh, tack!" sa Maria när hon tog emot buketten. Hon såg verkligt glad ut.

"Det får bli något bättre en annan gång", sa jag och hoppades på en fortsättning.

"Du behöver inte ha någonting med dej. Det räcker att du kommer!" hon log mot mig.

"Sätt dej vid bordet så äter vi med detsamma. Jag hoppas du tycker om fisk!"

"Det luktar ljuvligt!" sa jag och drog in den härliga doften från det dukade bordet.

Kvällen förflöt lugnt. Efter maten hjälptes vi åt att diska. Sedan blev det lite kaffe framför TV:n. Jag satt i soffan med armen om Marias axlar och hon lutade sig en aning mot mig.

"Jag gick förbi skogen däruppe idag", sa jag och pekade mot vad jag trodde var rätt väderstreck.

"Vi kanske kunde ha den där picknicken du talade om där i morgon eftermiddag, efter att jag varit hos Ester Hagberg. Om du inte har något annat för dej förstås. Så kan jag få bjuda tillbaka?" Jag såg på Maria och hon tittade tillbaka.

"Jag hoppas att du inte tycker jag är tråkig", sa hon och såg ner på golvet. "Du får försöka förstå att jag vill ta det lite lugnt med manligt sällskap efter vad som hänt mej tidigare, men picknick vill jag gärna följa med dej på!"

Hon lyfte blicken och såg på mig med en glad min. Lite rosor hade bildats på hennes kinder. Jag tyckte att hon såg så vacker ut att jag inte kunde låta bli att kyssa henne på kinden.

"Nu är det dags att du går hem!" sa hon med låtsad myndighet i rösten men leendet lekte i mungiporna. Jag reste mig från soffan och tackade för en mycket trevlig kväll.

"Solen är uppe så länge så jag kan väl komma förbi vid sextiden i morgon eftermiddag? Är du hemma då?"

"Ja det ska jag vara", sa Maria. "Jag ska bara in till kontoret på förmiddagen för ett möte. Vi ses!" Hon stängde dörren. Jag hörde hur hon vred om nyckeln i låset.

Kapitel 13

Jag vaknade nästa morgon och tänkte tillbaka på gårdagen. Maria var verkligen trevlig. Det var synd att hon farit så illa i livet. Jag hoppades kunna ge henne många glada stunder så de tråkiga minnena skulle blekna bort. Hon gjorde verkligen god mat! Det var jag inte bortskämd med. Mina matkunskaper sträckte sig bara till det allra nödvändigaste. Nu skulle jag handla lite god mat och vin när jag var i Malmbäck. Gick inte mopeden igång så fick jag väl ta en taxi hem.

Efter en stadig grötfrukost beslöt jag mig för att testa mopeden. Jag hade sett att kopplingsreglaget hade fått sig en törn tidigare. Jag behövde en hjälm för att lagligt kunna köra mopeden. Jag hittade inte någon inne i skjulet. Jag kunde väl testa den ute på byvägen i alla fall? Det var väl ingen som brydde sig om det? Med en rostig tång från en låda med verktyg rätade jag ut kopplingsreglaget så gott det gick. Nu kunde jag ha fingrarna om det samtidigt som jag höll i handtaget. Jag grenslade mopeden, öppnade bensinkranen och kickade med trampan. Motorn brummade och jag väntade tills den hade blivit lite varm, innan jag ökade på gasen. Jag lade in fösta växeln, gasade på och släppte kopplingen.

Mopeden rullade ut genom grinden som om den alltid hade gjort det. Jag ökade farten och växlade. Fötterna var väl place-rade på tramporna så att jag kunde bromsa när det behövdes. Jag såg människor titta efter mig. Jag körde till Arnes hus och vände. Marias bil var borta. Hon hade berättat om mötet i sta'n och jag hoppades att det skulle gå bra.

Per stod ute på vägen när mopeden brummande kom tillbaka till huset.

"Jaså det är du som väsnas! Och ingen hjälm har du heller! Det är tur att inte Arne är i tjänst!" skrattade han.

"Jag hörde att Arne varit polis", svarade jag, "jag förstod att han är van att bestämma, men jag trodde först att han var en gammal militär!"

"Ja han har varit polis men det var förstås för ett antal år sedan. De som blev anställda på den tiden gick tidigare i pension än vanligt. Jag vet inte hur det är nuförtiden."

"Jag skulle bara prova mopeden jag fått låna av Ester," sa jag, "och se om jag vågar köra till sta'n, ja alltså Malmbäck med den. Men den verkar gå riktigt bra. Det gäller bara att få tag i en hjälm."

"Jag visste inte att det fanns en moped i skjulet, men har Ester en moped, eller om det var hennes mans, så borde det finnas en hjälm nå'nstans i huset. Du får väl leta. Jag har inte varit och snokat i huset, bara försökt få det att stå kvar." Per slog ut med händerna med en svårtydbar grimas.

Jag funderade på var den kunde finnas. Den fanns inte i skjulet, där hade jag gått igenom det mesta. Inga utrymmen i huset kunde gömma en hjälm. Jag bestämde mig för att ringa Ester och fråga. Det var nog det snabbaste sättet att hitta den på.

"Hej Ester. Ursäkta att jag stör", sa jag i mobilen, "men finns det en hjälm jag kan låna, när jag kör med mopeden?"

"Du stör inte alls!" Hon nästan kvittrade, "det är så roligt när någon ringer! Om du hittar luckan till vinden, så kan du se dej om där uppe. Där finns en del efter Erik, ja min man alltså. Där finns nog en hjälm som han haft, men se upp för luckan! Den kan vara lite trög, och det sitter en stege fast i den som kan falla över en."

"Jag kollar, vi hörs!" sa jag.

"Kör försiktigt!" sa Ester, "och akta dej för luckan!" Hon lade på luren.

Jag hittade luckan i taket i hallen. Där satt den med en ram runt och ett hål för någon slags nyckel. Hade jag inte sett en konstig stång som såg ut som en lång vev någonstans? Det fanns ett städskåp, men inte i hallen. Jag funderade var damm-sugaren och borsten fanns. Det måste varit i köket! Där bredvid den gamla spisen, men på ett säkert avstånd, stod skåpet jag letade efter.

Längst in fanns en lång stång som slutade med en vev. I andra änden var stången fyrkantig. Det måste vara den. Jag lirkade ut den ur skåpet och fick fram den till slut. Den fyrkantiga änden passade precis i luckans hål. Jag tänkte på Esters varning och höll emot allt vad jag kunde, samtidigt som jag vred på stången. Det var tur att jag var beredd, för luckan var tung och en stege började glida neråt så fort som öppningen tillät. Jag haffade stegen med vänster hand, samtidigt som jag lät luckan falla. Stången ramlade med ett klingande ljud i golvet när jag släppte den och hejdade stegen med båda händerna. En sådan livsfarlig anordning! Hade inte Ester varnat mig så skulle jag fått stegen rakt på mig.

Jag tog tag i stegen som var delad i tre delar, och lät den landa på golvet. Den kändes stadig nu och jag klättrade upp. Turligt nog hade någon klok människa monterat en strömbrytare på närmsta takstolen och monterat lampor på vinden, annars hade det varit kolmörkt här uppe. Endast några ljusspringor syntes här och där. Jag tände ljuset med brytaren. En antikhandlare skulle nog se detta som ett gottebord, men jag ville i första hand hitta en motorcykelhjälm bland alla dammiga möbler och prylar. På en provisorisk ställning hängde ett antal herr-kläder. Jag synade en svart skinnrock som kunde komma till användning som mopedrock. Den hängdes av och åkte ner genom luckans hål.

Här fanns mycket att undersöka! Min nyfikenhet skulle nog bli riktigt tillfredsställd här uppe! Men inte nu. Hjälm. Var kunde den finnas? Ett lågt skåp med hyllor drog till sig min uppmärksamhet. Handskar av skinn med riktiga kjolar på som skulle hålla fartvinden borta från att blåsa in i jackärmarna, låg tillsammans med en mortel i mässing. Kanske en antik pryl? På hyllan nedanför låg en gammal dammig plommonstop trodde jag, men efter avdamning visade det sig att det var en hjälm för mopedåkare från femtiotalet. Jag hoppades att den fortfarande var godkänd. Den var klädd med tyg, som förde tankarna till Sherlock Holmes, ett slags hundtandsmönster i brunt och vitt. Jag tog med den ner för rengöring.

Det hade fungerat bra. Jag fick plats med huvudet i hjälmen. Efter justering gick det att knäppa hakbandet. Jag fyllde upp tanken med den oljeblandade bensinen, låste väl om huset, och körde iväg mot Malmbäck. Jag hade tagit på mig Eriks svarta skinnrock och kände mig väl skyddad mot fartvinden. Den kunde kyla även på sommaren. Mopeden gick förvånansvärt jämt och fint efter sin långa vilopaus och hastighetsmätaren visade på nästa fyrtio kilometer i timmen.

Snart såg jag de första husen i sta'n, letade mig fram till torget och ställde mopeden i ett cykelställ. Jag låste fast den med kedjan jag hade tagit med.

Jag siktade mina steg mot Violen samtidigt som jag drog av mig hjälmen som nästan hade fastnat på huvudet. Jag svängde av vid konditoriet, där jag köpte två maffiga Mariabullar.

Jag ringde på klockan utanför Violens entré och kände igen Ulla, som öppnade för mig förra gången.

"Hej, är du här igen? Kom in!"

Hon kände tydligen igen mig.

"Tack", sa jag. "Jag hittar till Ester Hagberg", fortsatte jag och pekade inåt.

"Ja det tror jag nog, välkommen!" sa Ulla och stängde dörren efter mig.

Jag fortsatte in i huset, förbi de halvsovande tevetittarna, och mot dörr nummer sex. Jag såg en skymt av blå arbetskläder i ögonvrån och vände på huvudet. En kvinna stod och vattnade krukväxterna i fönstret. Jag tyckte jag kände igen henne.

"Greta?" sa jag frågande, vänd mot kvinnan. Hon reagerade inte. Jag kunde väl inte se så fel? Jag gick fram till henne och sa:"Är det inte Greta?"

Hon vände långsamt på sig och tittade på mig.

"Men det *är* ju Greta!" sa jag. "Hejsan, jobbar du här också?"

"Jag bara rycker in när det behövs". sa Greta och såg lite ertappad ut av någon anledning som jag inte kunde förstå.

"Jag skall bara hälsa på Ester Hagberg. Arne har nog berättat att jag hyr hennes hus över sommaren."

"Ja", sa hon och fortsatte med blombestyren, "han har nämnt det."

"Jag ska inte störa dej i ditt arbete", sa jag och gick vidare mot Esters rum.

Knackningen blev nästan för hård, men Ester ropade genast "Kom in!"

Jag öppnade dörren och gick in. Tog av mig rocken och lade den i en stol och lade hjälmen ovanpå.

"Jaså du hittade hjälmen! Och Eriks gamla läderrock också!" utropade hon med ett förtjust leende. Hon satt som vanligt vid bordet. "Det var bra att den kom till användning. Den var fin när den var ny."

"Den är fortfarande fin tycker jag", påpekade jag, "och den är väldigt varm och vindtät. Vinden kyler även sommartid på en moped!"

"Det var väl bra!" sa Ester. "Gick det bra att köra annars? Mopeden har stått oanvänd ett bra tag."

"Det gick fint. Jag behövde bara pumpa däcken. Jag fick låna Arnes pump. Förresten, känner du Greta? Jag träffade henne här ute."

"Ja, det är någon ny som dom tydligen har anställt. Hon är här då och då. Hon hjälpte mej förresten att bevittna min namnteckning på ett papper häromdagen. Jag blev mycket tacksam. Men jag vill inte att någon annan än Anna ska hjälpa mej med medicin och sådant. Henne har jag förtroende för."

"Det är bra. Man kan inte vara nog försiktig nuförtiden. Det är skönt att du blir väl behandlad av personalen", fortsatte jag.

"Känner du henne?" undrade Ester, "eftersom du frågar."

"Jag kan inte säga att jag känner henne, men jag har sett henne hos Arne nån gång. Du vet kanske att han har hemtjänst?"

"Ja men då är det inte så konstigt." Ester smackade lite. "Vill du inte ha en kopp kaffe? Jag ser att du har en påse med kringla på. Kanske från konditoriet?"

Jag nickade och såg mig om mot pentryt.

"Jag har ordnat med en termos kaffe. Den står på diskbänken. Koppar och fat vet du redan var dom finns!"

Jag gjorde som tidigare, och snart satt vi kring bordet med rykande kaffekoppar och en härlig bakelse framför oss.

"Åh en Mariabulle!" utropade Ester. "Visste du att det var Eriks favorit?"

"Nej, men det var väl roligt att höra. Vi har ju alla våra favoriter.

Efter en trevlig stund, då vi berättade lite om vars och ens bakgrund, så kändes det som om vi kommit varandra närmre. Jag tänkte på picknicken med Maria, så jag reste mig upp och tackade för idag. Ester skulle snart på fotvård, så det passade bra.

Med magen full av kaffe och bakelse riktade jag mina steg mot Bolaget. Jag gick snabbt upp för trappan. Kvinnan med pappmuggen var kvar. Jag skyndade mig in. Nu fick det bli några öl och framför allt ett par flaskor rött vin, som skulle passa till picknicken med Maria. Denna gång fick jag betala för de blå plastkassarna.

Med klirrande kassar gick jag tillbaka till torget och min moped. Flaskorna fick bra plats i packfickorna kring pakethållaren. Jag fick inte glömma att köpa lite delikatesser på ICA till utfärden och att tanka upp moppen på väg hem.

Medan mopeden puttrade på hemåt efter ICA-besöket och tankningen, tänkte jag på dagarna som gått. Jag fattade inte att så mycket kunde hända på så kort tid. Jag hade ju knappt hunnit installera mig och än mindre kunnat starta ordentligt med min bok, som jag bestämt. När jag kom hem skulle jag börja med detsamma att skriva ner det som jag hade varit med om, och kanske få lite ordning i oredan där i skallen.

Kapitel 14

När jag svängde ner på byvägen låg dammet tätt över vägen. Någon hade antagligen kört här nyss. Jag kom in i byn och såg att Maria ännu inte hade kommit tillbaka från sitt möte. Jag parkerade mopeden på baksidan av huset och tog av mig hjälm och rock. Flaskorna bar jag in i huset tillsammans med några pain riche, några druvklasar och patéer, som vi skulle njuta av på picknicken. ICA-affären var ganska välsorterad.

Jag kände mig lite stressad av någon anledning. Jag var kanske spänd inför kvällens möte. Jag gick ut på byvägen för att gå en sväng.

En kvinna i femtioårsåldern stod framför ett av de rödmålade husen och tittade mot mig när jag kom förbi.

"Hej! Jag har sett att du har gått förbi här några gånger. Har du släktingar i byn?"

"Nej. Jag hyr Ester Hagbergs hus över sommaren. Det har stått ledigt en tid. Jag kom för ett par veckor sedan. Det har hänt så mycket att det känns som det gått ännu längre tid, men ändå har jag bara hunnit bekantat mej med några i byn, bland annat Arne."

"Ja det är en speciell person," sa hon skrockande. "Jag heter Majlis. Vill du komma in en stund och se hur jag har det? Det är så trevligt att träffa nya människor. Jag har inte bott här så länge så jag känner inte alla, men det har blivit så ensamt sedan jag flyttade från min man." Hon såg ner på sina händer som hon höll tillsammans.

"Men det är inte mej vi ska tala om nu! Det kanske vi kan ta en annan gång? Vill du?" sa hon samtidigt som hon pekade med ena armen mot dörren.

"Tack", sa jag dröjande och tänkte på att hinna fika innan Maria kom hem. Det var så ovanligt att människor var så öppna som de är i denna byn, tänkte jag, men det är ju något positivt som man bör vara rädd om. Man vet aldrig vad som man kan uppleva med nya bekantskaper.

"Det skulle nog vara intressant!", tillade jag när jag följde med henne in i huset.

Vi kom in i ett varmt rum med mycket rött i inredningen. Framme vid fönstret stod ett fyrkantigt bord med en till synes skön fåtölj vid varje kortsida.

"Varsågod och sitt", sa hon och visade på den ena av fåtöljerna.

"Tack", sa jag och satte mig. "Jag har inte presenterat mej, jag heter Sven."

"Jag kan tänka mej det", sa Majlis med ett underligt uttryck i ansiktet. "Jag har sett ljuset kring dej när du passerat ute på vägen. Bli inte skrämd nu, men jag kan se på människor hur dom är och kanske vad dom heter. Du är ljus som en Sven eller Mikael. Jag är ingen trollpacka eller zigenerska, men jag har fått vissa gåvor i livet."

"Jag är inte rädd för det övernaturliga om det är det du menar", sa jag.

"Jag har faktiskt varit tillsammans med en flicka som hade väldigt stark intuition, som jag gärna vill kalla det. Vi hade många trevliga stunder under några år. Tyvärr kände hon sig kallad till Thailand, där hon hade kontakt med en stark personlighet på nätet." Jag gjorde en paus och tänkte på Inger, och på de trevliga stunderna vi hade upplevt tillsammans.

"Hon försvann som så många andra i tsunamin där. Jag har inte hört av henne sedan dess."

"Å vad sorgligt!" utbrast Majlis, "då förstår jag skuggan vid ditt hjärtchakra!" Hon tog upp en kortlek. "Får jag spå dej? Jag hoppas du inte tycker att jag är påflugen, men här i byn finns det bara massa skeptiker och det verkar som att du tror på att det finns mer i livet än den världen vi kan se. Jag jobbar inte med detta i vanliga fall. Det är bara en hobby." Hon tittade frågande på mig samtidigt som hon energiskt blandade korten.

"Det kan väl inte göra någon skada", sa jag lite nonchalant men kände mig inte helt tillfreds inombords. Samtidigt var det lite spännande.

Majlis bredde ut korten framför sig på bordet. Det såg ut som en vanlig kortlek.

"Är det Tarot?" frågade jag.

"Nej, detta är en vanlig kortlek. Jag har Tarotkort också, men har nyss lärt mej att använda en vanlig lek. Det kan vara bra ibland när det inte finns något annat. Jag tänkte öva mej lite med de vanliga korten. Går det bra?"

"Javisst!" sa jag. "Shoot!"

Hon tittade leende på mig. "Ta ett kort med vänster hand och lägg det rakt framför dej med framsidan uppåt."

Jag blev lockad till ett kort som stack ut lite från de övriga. Jag lade upp kortet.

"Aha. Hjärter Dam! Det finns någon som du har sett djupt in i ögonen! En varm känsla, va?" Majlis såg leende på mig och jag tänkte instinktivt på Maria.

"Jo."

"Nu tar du ett kort till och lägger det till vänster om damen. Det talar om vad som hänt tidigare."

Jag tog ett nytt kort ur leken och lade fram det som hon sagt.

"Ruter tio!" hon sken upp. "Du har haft tur att uppnå något som du längtat efter, och det har skett på ett väldigt positivt sätt. Du kanske har vunnit pengar eller något liknande?"

"Något liknande", sa jag utan att förklara mer. Jag tänkte på Ester och huset.

"Jaha då ska vi se vad som skall komma framöver. Ta ett kort till och lägg det till höger om damen. Detta är spännande!"

Jag kände med vänsterhanden över korten. Handen drogs till vänster och stannade sedan. Jag sänkte handen och pekfingret landade på ett kort. Jag tog upp det och lade det till höger, som Majlis sagt. Jag tyckte hon bleknade lite och leendet försvann i hennes ansikte.

"Spader Dam", mumlade hon och satt tyst en stund. Hon tittade upp.

"Det finns de som säger att Spader Dam är ett mörkt kort kopplat till olycka och död, men det behöver inte alls betyda det." Hon försökte låta övertygande men hennes röst var inte lika stadig som tidigare. "Det finns andra betydelser också, men tyvärr inga roliga överraskningar."

"Då blir det kanske svårigheter med Ester Hagbergs moped, den är ju gammal", suckade jag men log samtidigt.

"Det kanske bara blir en punktering eller nåt sånt", försökte hon.

"Det ordnar sej nog", sa jag, "men det är väl bäst att jag går och ser om luften finns kvar i mopeddäcken!"

"Ska du gå redan? Vi kan fortsätta läggningen, den är inte klar än."

"Det var roligt att träffas och spännande med korten, men jag måste nog gå vidare. Jag har lite att stå i, men vi kan väl träffas en annan gång? Tack så länge!"

Jag gick ut genom dörren och upp på vägen innan hon hann börja protestera. Jag måste ruska av mig olustkänslan som kommit över mig. Majlis stod och tittade efter mig när jag med bestämda steg gick mot Esters hus. Nu fick jag stoppa i mig något innan Maria kom. Jag nickade taktfullt mot några andra som stod med olika aktiviteter framför sina hus, men jag stannade inte för att prata. För första gången på länge tänkte jag på Inger som försvunnit i tsunamin. Levde hon fortfarande?

Jag tog några smörgåsar och kokade mig en kopp kaffe innan jag tvättade av mig inför mötet med Maria. Jag kände spänningen i kroppen och försökte slappna av. Jag gick upp på vinden på stegen som fortfarande var nerfälld i hallen. Jag såg bland Eriks kläder som hängde på ställningen. En mörkblå lumberjacka hängde bredvid några skjortor. Den såg varm ut. Jag tog med den ner för att se om den var hel och om den passade mig. Kvällen kunde bli kylig.

Jackan passade tillräckligt bra för att jag skulle kunna ha den på mig inför kvällen. Klockan närmade sig sex så jag packade en av Esters korgar som stått under bänken med maten och vinet. Glas vågade jag inte ta med mig så det fick bli några bortglömda pappmuggar jag hittade längst upp i skåpet. Maria hade kanske något bättre som passade. En filt låg över en fåtölj i rummet. Jag vek ihop den och hängde den över armen. Nu var jag färdig! Jag gick ut och låste dörren och gick långsamt bort mot Marias hus. Bilen var fortfarande borta så mötet hade tydligen blivit förlängt.

Jag gick in i Marias trädgård för att vänta på henne. Hon hade en modern trädgårdsmöbel med stolar och bord i teak. Hennes gräsmatta behövde också klippas såg jag. Jag satte mig på en teakstol och ställde korgen på bordet. Filten lade jag på en annan stol. Det var sköna stolar så jag slappnade av. En kylig vind strök fram och gjorde att jag tog filten om axlarna.

Myggen surrade sövande. En koltrast sjöng en vacker sång längst upp på toppen av en gran. Jag tänkte på Inger. Minnet av henne tonade fram nu när hon blivit omnämnd. Jag hade nog inte förstått hur nära vi hade kommit varandra. Hade hon blivit offer för naturkatastrofen eller hade hon hittat en rik greve, som hon nu levde ett underbart liv med? Det gällde nog att hålla fast i den som man träffar och som man vill fortsätta att träffa, kanske varje dag?

En kortlek radades upp inför min inre syn. En svart dam såg argsint ut och jagade en röd dam med en lans som var prydd av en flagga med flera rutertecken.

Jag ryckte till! Hade jag somnat? Det var tydligt. Sommarkvällen hade blivit märkbart mörkare. Jag reste mig upp. Hade Maria kommit hem och inte lagt märke till mig i trädgården? Jag gick snabbt runt husknuten. Uppfarten var tom. Ingen bil någonstans. Jag tittade på klockan i mobilen. 20.03. Det måste ha hänt något! Jag hade inte Marias mobilnummer och hon hade inte mitt! Det var dumt att vi inte hade meddelat varandra det!

Jag hade kanske varit för snabb när jag föreslog picknick redan nästa dag? Maria hade ju gett uttryck för att vi skulle ta det lite lugnt? Hon hade kanske helt enkelt fått kalla fötter och hittat på något annat. Hon kunde ju inte ringa mig och tala om det. Flera olika scenarier spelades upp i mitt huvud.

Jag väntade en timme till. Ingen Maria. Det började bli kyligt så jag gick hem med korg och filt igen. Det var tur att jag hade hittat lumberjackan på vinden för den behövdes ikväll. Jag fick ingen ro. Jag visste inte var Maria arbetade så jag kunde inte ringa dit. När jag ringde polisen så svarade man, att det inte fanns någon olycka inrapporterad under kvällen.

83

Jag gick ut och började vandra omkring. Jag gick upp mot skogen där det var tänkt att vi skulle ha en trevlig picknick. Jag satte mig ner och vilade ryggen mot ett träd och slöt ögonen. Måtte hon komma snart!

Kapitel 15

Jag vaknade av ett muller. Först visste jag inte var jag befann mig. Sedan kände jag björkens ojämna bark som tryckte på min rygg. Jag var tydligen inte van vid den syrerika luften från skogspartiet som sövt mig. Jag kikade ner mot byn, men Marias hus verkade helt mörkt.

Jag började gå tillbaka samma väg som jag kommit. Nytt muller. Jag vände mig om. Himlen var blåsvart i horisonten och ibland lyste en blixt upp himmelen. Jag gick förbi Adolfs hus. Jag hörde upphetsade röster där inifrån. Bodde han inte ensam med sin hund? Nyfikenheten tog överhand och jag smög sakta upp mot huset. Jag förstod att jag inte var välkommen så det gällde att vara tyst.

Det lyste i ett fönster och jag förflyttade mig dit. Hussockeln var hög och det var en bra bit upp till fönstret, så jag kunde inte se in. Jag hörde två röster. Den ena var uppjagad och lite raspig.

"Det gick ju helvetes bra! Det blev fan precis som jag hade tänkt! Nu är den jävla saken ur världen! Inget mer satans skit från det hållet!" sa den raspiga rösten.

"Ja, ja!" sa den andra rösten, "men du får ju för fan lugna ner dej. Ingen jävel får veta om att du är här. Då går det åt helvete med mej och hela grejen!"

Jag tyckte att jag kände igen Adolfs röst. Jag ville veta vem den andre var. Jag försökte ställa mig på en stenbumling som låg under fönstret. Ögonen nådde precis upp till fönsterbrädan när jag ställde mig på tå.

"Men måste du umgås med den där andre jäveln? Jag tycker det är fan så jobbigt att behöva gömma mej hela tiden i det där satans skåpet när han är här."

"Gnäll inte för helvete! Jag har ju umgåtts med honom se'n tidigare. Det skulle se misstänkt ut om jag började avvisa honom nu. Och så tål han ju fan inte sprit! Det är ju ett enkelt sätt att få veta hur det är i den här jävla byn. Efter ett par glas så får man ju reda på allt som händer. Och spriten är god!" Adolf smackade med tungan.

"Hupp!" Det kom ett ofrivilligt ljud ur strupen när stenen rullade till, och på ett ögonblick låg jag nere på marken. Hunden började skälla. Jag hörde hur stolar välte och slog i golvet när de båda männen hastigt reste sig.

"Här är nån jävel! Ta med dej geväret!"

Jag behövde inte höra mer, reste mig snabbt och började springa tillbaka mot skogsdungen. Väl uppe på höjden tyckte jag att dungen var för liten för att gömma sig i. En liten stig ledde ner genom ängar och åkrar. Jag svängde ner på stigen mot byn som låg där nere. Nu hördes steg i gruset vid huset. Det hade blivit nästan mörkt och åskan mullrade starkare nu.

"Viket håll?" hörde jag någon fråga när jag sprang ner genom gräset.

"Där rör sej nå't fanskap! Kom!"

Jag väntade inte för att se vilket håll de valt. Det var för långt till byn, så jag siktade mot den gamla ladan på ängen. Där kunde jag nog gömma mig.

Jag rusade in genom den öppna dörren och brakade rakt ner genom det murkna golvet samtidigt som en skarp åskknall nästan gjorde mig döv. Ett gammalt skåp som stod vid ena sidan, välte när golvet gav med sig och ramlade ner över mig. Jag fick en riktig smäll i huvudet och kände blodsmak i munnen. Mörkt var det redan, så jag märkte inte att det svartnade för ögonen. Jag försökte lugna min andhämtning för att höra om någon kommit efter mig. Jag uppfattade röster.

"Såg du nån jävel?"

"Nej fan. Det var kanske ett satans rådjur."

"Tror du nån jävel har hunnit ner till ladan och gömt sej?"

"Nej det är nog ingen faan som vågar sej in i det jävla fall-färdiga rucklet!"

Rösterna dog sakta bort, och jag kände att jag skulle svimma nu när jag kunde slappna av.

En solstråle letade sig genom det spruckna taket och landade på mitt ansikte. Jag vaknade till. Varför låg jag här? Sakta började bilden klarna. Jag försökte öppna ögonen, men de kändes igenklistrade av något klibbigt. Jag kände uppe på huvudet. Aj, det var ömt och kladdigt. Något hade ramlat ner i huvudet på mig.

Kunde jag röra mej? Jag trevade runt med armar och ben. Det smärtade till i ena knäet. Jag hade nog ramlat och slagit mig. Jag låg stilla och försökte få igång mina muskler och framför allt hjärnan.

Blodet började sakta pumpa i ådrorna igen som det skulle. Jag försökte resa mig upp men det tog emot som en stor tyngd över ryggen när jag kom upp en liten bit.

Något låg där ovanför. Som väl var tryckte det inte på ryggen när jag låg ner. Jag lyckades få fram den ena handen och torkade mig i ansiktet. Kladdigt som motorolja, men luktade mer som blod. Jag kunde öppna ena ögat. Det var ganska mörkt, men solen lyste upp där utanför. Jag hade sprungit och gömt mig i den gamla ladan, kom jag ihåg. Jag hade tjuvkikat i ett fönster i "Fästningen". Vad hände sedan? Hade jag blivit skjuten? Jag kom ihåg en stark knall. Hur länge hade jag legat här? Med tanke på blodet som hade börjat levra sej och solen som tittade fram, så borde det varit länge.

Jag hörde hur steg rafsade i gräset utanför. Jag försökte ropa, men strupen var alldeles hopsnörd. Det gick faktiskt inte att säga något. Jag försökte hosta. Aj! Det stack till i bröstet. Stegen utanför närmade sig. Vågade jag röja mig? Vad kunde hända nu på dagen? Jag försökte igen och ett kraxande läte hördes ur strupen.

Stegen stannade.

"Hallå är det någon där?"

Jag pustade ut när jag kände igen Pers röst.

"Ja det är jag", försökte jag få fram, men det lät nästan som en kattunge.

"Hallå!" ropade Per igen. Nu hade det blivit lite klarare i min hals.

"Ja det är jag, Sven, och jag sitter fast. Kan du hjälpa mej?"

"Va – är det du Sven? Jaså du har gått in i den gamla ladan! Där har ingen vågat sej in efter att taket började rasa! Vad har du där inne å göra? Är det nån som du försöker gömma dej för?"

"Jag minns inte", ljög jag. "Har nog slagit i huvet, för allt är så dimmigt. Det ligger något och hindrar mej från att resa mej upp. Kan du se vad det är?"

"Nej, nej. Jag går inte in där. Golvet är rötet å bär inte en människa. Det är väl det som du har trampat igenom. Här finns hussvamp som kan äta upp en hel karl!"

Pers röst lät lite annorlunda, lite sluddrig. Några starka dofter, kanske alkohol, letade sig in i ladan.

"Snälla, be någon att hjälpa mej. Jag blöder i huvet och har nog skadat mej i bröstet också. Det känns i alla fall så när jag försöker hosta."

"Jag får se om det finns någon hemma. Kanske kan Jonas hjälpa till. Varför skulle du springa in där, satans stadsbo!" Per hördes riktigt arg. Jag trodde att han alltid var en godmodig människa.

"Du ska nog hålla dej på vägarna när du gör dina rundor. Man vet inte vad som händer om man går utanför gränserna. Du ska nog inte vara alltför nyfiken, det finns dom som vill bevara vissa saker för sej själva."

Jag har förstått det, tänkte jag, och förstod att hjärnan börjat arbeta igen.

"Skriver du nån bok, eller leker du nån slags jävla detektiv, som försöker hitta en bra historia?" fortsatte Per.

"Ja, jag vet att du går runt och pratar med folk, kanske mer än som är nyttigt för dej, vem vet?" Per brummade. Sedan sa han "Jag ska se om Jonas är hemma och kan hjälpa till."

Han avlägsnade sig pratande för sig själv. Per hade låtit aggressiv. Det hade jag inte märkt förut. Han kanske hade dåligt ölsinne?

Jag hade alltså sprungit in i den gamla ladan ute på ängen. Jag hade sett den på avstånd tidigare. Sned och vind, och med en del av taket inrasat. Minnet var fortfarande lite dimmigt. Jag tyckte det ena byxbenet var vått och klistrade fast sig längs benet. Nu kände jag en unken doft av ammoniak som påminde mig om stadens pissoar. Jag hade tydligen varit väldigt rädd! Det var längesedan som jag hade gjort på mig. Men nu måste jag försöka ta mej upp och ut härifrån. Jag visste inte hur länge det skulle dröja innan Per skulle komma tillbaka, om han kom alls.

Jag började vrida mig på sidan. Det stack i bröstet, så det fick gå sakta. Jag kunde flytta mig lite åt sidan så jag kom fri under tyngden som hade ramlat ner på mig. Det var tydligen en möbel som nästan blockerade hela hålet som uppstått när jag trampade igenom det murkna golvet. Den brunvita svampen tycktes ha ätit sig in överallt här i grunden under de gamla golvplankorna. Jag vet inte vad den tyckte om människokött, men jag hade inte tänkt stanna så länge här nere så jag fick svar på den frågan.

Sakta försökte jag åla mig fram och bli fri från hindret där uppe. Nu kunde jag snart komma upp ur hålet. Jag stack upp huvudet och såg mig omkring. Det hade börjat skymma, men jag tyckte mig skymta en skepnad där ute på ängen.

"Jaså du *kan* röra på dej din jävel", hördes en knarrig stämma. "Då finns det fortfarande liv i den där snoken! Nästa gång kanske du inte har samma tur!"

"Hallå, vem är det? Kan du hjälpa mej att komma ut?"

Men nu var det tyst igen. Tyst som i graven. Det verkade som om personen ifråga hade hoppats att jag hade hamnat i den sista vilan. Vem det nu än var så kunde jag inte räkna med någon hjälp därifrån. Jag fick vänta och hoppas att Per hade hitta någon som ville hjälpa mig. Jag tyckte att mögellukten nu hade blivit starkare, men det var väl kanske inbillning.

Lyckligtvis hörde jag Per komma diskuterandes med någon annan som jag hoppades var Jonas.

"Jaha, här ligger du", sa Jonas när han kom fram till dörren. "Hoppas du inte hade äggen med dej. Men det var hemskt hur du ser ut i ansiktet!"

Jag tyckte inte det var läge att skämta men det såg kanske roligt ut utifrån. Jag strök bort blodet ur båda ögonen.

"Jag vågar inte gå in men jag har med mej ett rep som jag kastar in", fortsatte Jonas, "om du tar tag i det så kan vi kanske dra dej ut."

Jonas kastade in ena änden av ett grövre rep. Han hade gjort en ögla i änden som jag kunde ta tag i med min friska arm. Sakta drog de mig upp och ut. Jag hjälpte till med benen och fötterna så gott det gick. Till slut kände jag gräset under mig igen.

"Tack ska ni ha", sa jag och pustade ut. "Jag förstår inte hur jag kunde förirra mej in här. Det kom en blixt och en väldig knall minns jag. Jag kanske rent utav blev träffad av blixten?"

"Nej då hade du nog inte levt idag, och den torra ladan hade nog brunnit upp", sa Jonas.

"Hur som helst, tack ska ni ha för hjälpen. Jag hoppas jag kan återgälda den någon gång. Nu måste jag hem och byta och tvätta av mej." Jag kände efter om jag kunde gå ordentligt.

"Du kan duscha hos mej", sa Per och rynkade på näsan. Jag har installerat en duschkabin. Jag vet att Ester inte har någon dusch."

"Tack det var bussigt av dej!" sa jag. Det verkade som Per hade nyktrat till en aning och inte var lika aggressiv som tidigare.

"Det var ju tur att du var ute och gick", sa jag med en fortfarande konstig röst. Jag behövde dricka vatten. Strupen var alldeles torr.

"Jag behöver också ut och röra på mej då och då", sa Per utan att berätta mer.

Vi gick tillsammans ner mot byn på den lilla stigen. Jag vände mig om och tittade upp mot "Fästningen" men kunde inte se någon rörelse där, men jag tyckte att det blänkte till i ett av fönstren.

Kapitel 16

Jag kom fram till Esters hus. Jonas hade vikt av till sig när vi gick förbi vägen till hans gård. Per öppnade sin dörr och vände sig mot mig.

"Då kommer du in sedan?" sa han. Jag nickade och han försvann in i huset.

Jag kände i fickan och hoppades att jag inte hade tappat nyckeln. Nej den låg där den skulle. Jag tog upp nyckeln och skulle öppna dörren. Konstigt! Nyckeln passade inte i låset. Per hade väl inte varit så dum att han bytt lås medan jag var borta? Låset såg inte nytt ut så det hade han nog inte gjort. Jag stoppade händerna i fickorna. Hoppsan! Det låg en nyckel i den andra fickan också! Den passade perfekt. Nu kom jag på att jag lånat Marias nyckel tidigare. Det hade jag helt glömt bort. Jag fick lämna tillbaka den sedan jag duschat och bytt om. Jag gick ut i köket och drack två glas kallt läskande vatten. Vattnet hade aldrig tidigare smakat så gott!

Jag samlade ihop rena kläder och en handduk och gick in till Per.

"Jag har satt på kaffet. Jag gör några smörgåsar. Du har antagligen inte fått nåt i dej på länge!"

Jag nickade tacksamt och gick in i hans badrum. Jag förstod att det nyligen var renoverat. Ljust och fint, och med en härlig duschkabin i ena hörnet. Jag tittade mig i spegeln. Jag hade fått ett jack i pannan, nästan vid hårfästet. Blodet hade levrat sig och det syntes ingen glipa. Det skulle nog läka bra av sig själv. Jag klädde snabbt av mig och lät det ljumma vattnet skölja över mig i duschen. Jag lånade lite av Pers tvål och schampo och tvättade av mig både svett och annat.

Jag kom ut i köket med rena kläder och luktade gott.

"Jag lånade lite av din tvål." sa jag.

"Det är okej", sa Per, "det var bra att du tog för dej. Kom nu och sätt dej så ska du få kaffe och smörgåsar. Jag ska också passa på att äta. De har ju nästan blivit lunchtid."

Jag tackade och satte mig vid ett härligt dukat bord. Jag kände mig utsvulten och tog tacksamt emot både skinksmörgås och en god ostfralla. Vi åt och drack i tysthet.

Jag tänkte på var Maria hade tagit vägen. Det fanns kanske andra som hon hellre träffade, eller så hade hon bara glömt bort vår picknick.

Per verkade både vänligare och nyktrare nu än jag upplevt honom tidigare. Det gick nog lite upp och ner i hans humör. Till slut sa Per.

"Vet du inte varför du hamnade där ute i ladan?"

"Jag måste ha blivit överraskad av åskan och inte riktigt visste var jag var", försökte jag. "Jag tror att jag hade suttit och somnat uppe i skogen. Där var så lugnt och skönt."

Jag ville inte berätta för honom om Maria.

"Tack för kaffet och smörgåsarna, dom satt riktigt fint! Är det för tidigt med en liten whisky?" frågade jag samtidigt som jag fiskade upp flaskan jag hade köpt på Bolaget ur kassen med rena kläder som jag hade haft med mig. Jag ville avleda Per från att ställa fler frågor om mitt äventyr. Tids nog skulle jag berätta om gästen hos Adolf, men jag ville själv veta lite mera först.

"Det finns ingen särskild tid för sånt", sa Per, "det ser gott ut."

"Dricker du whisky?" frågade jag.

"Jag dricker det mesta, jag ska hämta två glas!" Per reste sig och gick bort till ett skåp där han hämtade två rejäla dricksglas. Inga whiskyglas, tänkte jag, men det går väl att dricka ur dem också. Per ställde glasen på bordet och jag hällde upp ett par centimeter i varje glas. Per tittade på mig. Ögon sa: är du snål?

"Skål och tack!" sa jag och smuttade på glaset. En god whisky! Det är svårt att välja idag när det finns så många sorter. Per hällde i sig spriten i en enda klunk. Då hade Arne haft rätt!

"Var den god?" försökte jag.

"Det var svårt att känna när det var så lite." Per tittade menande på mig och på flaskan.

"Det var ju bara lite på botten."

"Whisky ska man bara smutta på, så kommer smaken", sa jag.

"Jaha. Du är en sån där snobb med manér?"

"Nej jag är ingen snobb. Jag har bara fått lära mej det. Nu ska vi inte bli osams", sa jag och hällde upp till hälften i Pers glas. "Tack för all hjälp och dusch. Skål!"

"Skål! Nu ser det bättre ut", sa Per och tömde halva innehållet. Jag tittade på flaskan och förstod att jag skulle ha köpt en hela istället.

"Den var stark och god." Han var inte lika stadig i talet. Hade han grundat med något annat under tiden jag duschade?

"Nu måste jag in och få klart med mina grejer", sa jag kryptiskt för att inte bli av med hela flaskan och inte uppleva Pers dåliga ölsinne, och framför allt se om Maria hade kommit tillbaka. "Tack å hej så länge!"

"Måste du ha så brått?" Per såg besviken ut och var grövre i tonen.

"Ja, men vi får fortsätta en annan gång!"

Jag reste mig, stoppade ner whiskyn i kassen med smutstvätten och gick hejande mot dörren. Per satt kvar vid bordet och mumlade för sig själv.

Efter att ha lämnat Per så gick jag in med min smutstvätt och lade hela kassen i hallen. Jag tog ur flaskan och ställde den i ett köksskåp. Om man ändå hade en tvättmaskin, tänkte jag, och tankarna gick till Maria och hennes fina badrum. Skulle man vara så fräck att fråga? Frågan var fri hade jag hört. Jag skulle i alla fall lämna tillbaka nyckeln. Hon hade kanske hittat något roligare att göra och helt och hållet glömt vår träff, tänkte jag igen. Det var nog inte läge att tänka så mycket på framtiden.

Jag gick ut och låste efter mej, såg till att Marias nyckel fanns i byxfickan, och gick bort mot hennes hus. Bilen var fortfarande borta. För säkerhets skull knackade jag på dörren ifall bilen gått sönder och hon fått ta taxi hem. Ingen öppnade. Jag tog ut nyckeln ur fickan och lade den under krukan där jag tidigare hade tagit den. Jag beslöt mig för att gå till Arne och höra mig för om han sett Maria eller hennes bil.

Jag gick bort till hans hus och knackade på dörren. Greta öppnade.

"Hej igen", sa jag, " vi träffades ju på Violen! Jag heter Sven och har talat med Arne några gånger."

"Kom in! Jag har bara delat lite medicin till Arne. Jag skulle precis gå. Han sitter vid köksbordet." Hon höll upp dörren för mig, tittade på jacket i mitt ansikte men sa inget. Hon började gå ut genom dörren.

"Hej då Arne!" ropade hon, "här kommer en gäst till dej, Sven heter han visst. Vi ses!"

"Hej och tack!" hördes Arnes röst från köket samtidigt som Greta stängde dörren efter sig.

"Hej Arne!" sa jag när jag kom in i köket. "Är det jämna plågor?"

"Du har väl inga plågor så du vet väl inte vad du talar om", pustade Arne. "I din ålder är väl allting bra eller dåligt, vitt eller svart?"

"Hur ser *du* det då? Bara grått?" log jag för att han skulle förstå att det var ett skämt.

"Ha, ha, där fick du allt in en femetta! Nej, när du blir äldre så ska du upptäcka att det mesta i livet har både för- och nackdelar. Olika färger av grått naturligtvis, men även en kavalkad av regnbågens alla färger. Se bara på Greta, hon är ljuset i mitt liv!"

"Vilken färg har hon då?"

"Som solen, varmgul och vacker!" Han såg nästan förälskad ut.

"Oj då, en kärleksförklaring!"

"Ja det kan du tro! Jag har sagt det till henne också. Hon blev lite röd om kinderna. Det är väl inte ofta som hemtjänst-personalen får beröm för vad dom gör kan jag tro."

Han tittade ner på sin kaffekopp.

"Har du pratat med henne om hennes familj och uppväxt?" frågade jag.

"Jag försökte idag men det blev precis som om samtalet gled över till mej igen. Det verkar som om hon inte är så intresserad att prata om sitt eget liv." Arne kliade sig i skägget.

"Men det var väl inte henne du skulle tala om?" fortsatte Arne, reste på huvudet och tittade lite närmare på mig.

"Men vad du ser ut! Ett stort hack i pannan! Kunde du inte bett Greta om hjälp nu när hon ändå var här?"

"Det ser värre ut än vad det är", försökte jag släta över. "Det läker fint."

"Ja skvallret går. Jag hörde att du var och rumlade i den gamla ladan. Det var tur att Jonas var hemma och kunde hjälpa dej. Greta undrade vad du hade där att göra. Jag sa att du hade nog gått vilse. Det skymde snabbt när ovädret strök förbi."

"Men ta dej en kopp i skåpet!" fortsatte Arne. "Kannan står i kaffebryggaren. Jag tror det finns kaffe kvar."

Jag tackade och slog upp kaffe i en blå kopp som jag hittade i hans köksskåp. Det var den jag hade haft senast. Greta hade nog diskat och ställt in den igen.

"Jag ville se hur du har det, men det har ju Greta redan gjort. Kommer hon varje dag?"

"Ja nästan! Som jag sa till dej förut så kommer hon ibland till och med på lördag eller söndag fastän det är hennes lediga dag. Hon gillar nog mej!" Han log brett och fortsatte.

"Vi pratade just idag om Esters hus. Greta hade hört att Per skulle få ärva huset efter henne eftersom han har skött om det så bra. Hon ville inte säja var hon hade hört det. Ibland är hon så hemlighetsfull. Men säg inget till Per. Han vet nog inte om det."

"Nej, jag ska bevara hemligheten", sa jag och undrade hur Greta visste det.

Jag tänkte plötsligt på en annan sak.

"Jag gick förbi Marias hus", sa jag, "och bilen stod inte där. Jag trodde hon var hemma. Har du sett henne köra iväg?"

"Jag såg henne köra förbi i går. Jag kommer inte ihåg vilken tid. Men sedan har jag varken sett bilen eller henne. Hon åker in till sta'n ibland. Jag vet inte vem hon träffar där, kanske sin syster eller nåt."

"Har hon en syster i stan?"

"Jag vet inte!" Arne blev lite arg i rösten. "Jag bara gissar! Jag kan inte hålla reda på alla i byn!"

"Jag menade inte det heller! Jag hade tänkt ta med lite whisky till dej", sa jag och försökte blidka honom.

"Varför gjorde du inte det då? Tycker du att jag är för vresig, eller vad?"

"Jag bjöd Per", sa jag "det blev för lite kvar i flaskan för att det skulle vara lönt."

"Vad var det jag sa! Jag varnade dej!"

"Jag vet. Jag ska snart in till Ester igen om mopeden startar som den ska. Annars får jag ta bussen. Då ska jag handla något starkt."

"Bara det är gott, det är viktigt! Jag tycker om smaken, inte spriten, som tydligen är det viktigaste för Per. Det verkar som om han fått en kompis som tycker likadant där uppe i Fästningen."

"Jaså du har sett honom gå dit ofta?"

"Nej det kan jag inte påstå, det är nog Greta som sagt det vid något tillfälle, men jag förstår inte hur hon kan veta det."

"Jag tycker Per är snäll", sa jag, "han kan ju inte hjälpa att han har fått dom tråkiga generna. Ester har kanske sett hans goda sidor. När han är nykter är han bara hjälpsam tycker jag."

"Jaja, vi får väl skylla på generna då", sa Arne, "vill du ha en gök?"

Kapitel 17

Efter en kaffegök tackade jag för mig och bestämde mig för att gå hem igen. Jag gick snabbt grusvägen framåt. Jag gick direkt genom trädgården till mopeden. Däcken såg ordentligt välfyllda ut. Det behövde jag inte oroa mig för längre. Jag tittade bort mot Pers hus och undrade om han var hemma, men inga ljud hördes därifrån. Jag tänkte på vad som hänt i den gamla ladan. Jag kände på såret i pannan. Det ömmade fortfarande, men en fin sårskorpa hade bildats. Det gällde bara att låta den vara. Nu skulle jag tvätta mina kläder som fortfarande låg i kassen efter händelsen. Jag hade redan blivit bekant med plastbaljan i köket och torklinan var på plats.

Efter en ordentlig tvätt och sköljning av plaggen, bar jag ut baljan i trädgården och vred ur vattnet ur mina våta kläder, innan jag skakade av och hängde dem på linan att torka. Jag kände mig stolt. Bra karl reder sig själv! Det verkade som om vädret skulle stå sig också, så kläderna skulle kunna vara torra tills i morgon.

Dagen hade nästan gått. Det var konstigt att jag inte kände mig hungrig, men törsten gjorde sig påmind när jag gick in. Jag drack ett par välfyllda glas vatten. Vattnet var faktiskt väldigt gott här, mycket bättre än i sta'n. Jag öppnade en burk vita bönor i tomatsås och hällde dem i en kastrull som jag ställde på den lilla spisplattan och vred på strömmen. Några korvar passade nog till. De kunde nog ätas som de var. Jag kände nu att jag var hungrig. Medan bönorna värmdes så skar jag ett par skivor av brödet från Josef och strök Flora på. Bönorna började ryka. Jag rörde om med min matgaffel och hällde upp dem på ett fat med blått engelskt landsmotiv. Jag lade korven bredvid över ett gammalt knotigt träd. Det skulle nog föreställa en ek.

Med en välfylld mage och lite skvalpande whisky från den halvtomma flaskan på det, tvättade jag mig i ansiktet, borstade tänderna och klädde av mig. Fortfarande lika sköna lakan! Jag blundade och tänkte på allt som hänt idag. Framför allt malde oron om Maria. Jag försökte stänga av för det. Jag kände henne egentligen inte. Hon hade sin frihet att göra vad hon ville, men lite underligt var det tyckte jag. Glöm det!

Prasslande ljud väckte mig mitt i natten och det lät som om man spelade på en grov sträng. Sedan blev det helt tyst. Jag somnade in igen.

Kapitel 18

Jag vaknade till en underbar morgon. Solen sken och fåglarna sjöng sina vackraste sånger. Trots min oro hade jag sovit gott. Ett svagt minne av att något väckt mig under natten fanns fortfarande kvar. Jag kastade lite vatten i ansiktet och blandade till gröten. Här skulle ätas frukost med min goda havregrynsgröt!

När jag sköljt av disken och ställt den i det lilla stället Ester hade vid sidan om diskhon, gick jag ut och skulle känna om tvätten var torr. Till min fasa såg jag att linan låg på marken tillsammans med all tvätt! Mopeden var vält. Jag hoppades att den inte var skadad. Då var det verkligen något som jag hade hört på natten. Kanske älgen sprang in i trädgårdarna och mumsade äpplen! Han hade kanske fastnat med hornen i linan och dragit ner den? Men linan låg rak och inte hoptrasslad.

Jag tog tag i den lösa änden på linan och sträckte upp den igen. Äppleträdet hade stått emot, men inte kroken i skjulet. Den hade dragits ut precis som om någon hade ryckt ut den med kraft. Kraften hade lossat brädan i överkanten. Jag blev nog tvungen att spika till den igen. Jag skruvade in kroken i brädan intill så linan skulle räcka, och hängde upp linan igen. Klädena hade naturligtvis inte torkat. Här och där hade gräs klistrat sig fast på den rena tvätten. Jag hoppades det skulle falla av när plaggen blev torra. Jag reste mopeden upp. Som tur var hade jag stängt bensinkranen så det verkade vara okej med bensinen.

Handtaget hade av kraften borrat sig långt ner i gräsmattan. Jag tyckte inte att mopeden var så tung att det skulle kunna bli en sådan kraft när den välte. Växelhandtaget hade kommit så långt ner att kopplingsreglaget hade blivit böjt igen! Det gick nog att räta ut som förra gången, bara inte vajern hade tagit skada. Det verkade fungera bra när jag testade att växla fram och tillbaka. En så'n otur! Men den gick nog att köra med ordentligt när jag väl böjt tillbaka reglaget. Det blev nog till att ställa in mopeden i skjulet under nätterna!

Jag hämtade verktygslådan i skjulet. Verktygen var rostiga, men en hammare gick att använda ändå. Några rostiga spikar fanns också. Nu skulle brädan komma på plats igen! Jag försökte trycka in brädan på plats men de utryckta spikarna kivade och ville inte passa in på sina gamla platser. Jag fick nog ta loss brädan och börja om från början. Jag satte hammarens klo bakom den halvöppna brädan och drog i handtaget. Brädan öppnade sig lite mer, och jag såg att det var något annat som hindrade spikarna att komma rätt. Ett brunt kuvert i en gammal nästan ogenomskinlig plastpåse tittade fram bakom brädan. Jag drog ut det, och nu gick det bra att fästa brädan igen. Jag slog till de gamla spikarna som snällt gled in i träet. Hade någon gömt plastpåsen där av en speciell anledning? Jag undrade vilken?

Jag måste se om mopeden gick som den skulle. Jag kunde väl testa den ute på byvägen och se om kopplingen fungerade. Det var väl ingen som brydde sig om det? Per hade ju redan sett mig prova den förut.

Med den rostiga tången rätade jag åter ut kopplingsreglaget så gott det gick. Jag grenslade mopeden, öppnade bensinkranen och kickade med trampan. Motorn brummade, och jag väntade lite innan jag ökade på gasen. Jag lade in fösta växeln, gasade på, och släppte kopplingen.

Jag styrde mopeden ut genom grinden, ökade farten och växlade. Jag körde till Arnes hus och vände. Marias bil var fortfarande borta.

Per stod ute på vägen när mopeden kom tillbaka.

"Jaså det är du som är ute och kör igen!" sa han.

"Jag skulle bara prova den", sa jag, "och se om den fungerade. Den hade vält inatt och skadat kopplingen. Men den verkar gå riktigt bra."

"Det är nästan lunchdags", sa Per, "vill du ha lite stekt ägg och potatis?"

"Det låter lockande", sa jag "men jag har ingen whisky kvar", ljög jag och tänkte på senaste whiskydrickandet.

"Jaså, ja då får du väl ha lunchen till godo då", sa han, vände och gick in i huset. Jag stod snopen kvar och tittade efter honom. Det var alltså inträdesbiljetten. En flaska sprit. Det var tydligen det som var det viktigaste.

Jag lagade till min egen lunch av de råvaror jag hade hemma. Ägg blev det, och några smörgåsar. Jag gjorde mig också besväret att steka lite råa potatis. Jag blev riktigt mätt och tänkte lägga mig en stund och vila på maten. Jag ryckte till av att en bildörr slog igen ett stycke bort på vägen. Hade Maria kommit hem? Jag måste gå och prata med henne.

Utanför Marias hus stod en mörk bil. Inte Maria alltså. Jag skyndade fram mot bilen för att se vem det var. En man stod med en nyckelknippa och försökte låsa upp Marias ytterdörr.

"Hallå!" ropade jag," vem söks?"

Mannen vände sig om. Han tog några steg fram mot mig.

"Känner du Maria Ekblad?" frågade han.

"Ja", sa jag med oro i rösten. "Varför har du hennes nycklar? Har det hänt något?"

"Vad heter du och vad har du för koppling till henne?" Hans röst lät barsk, och jag backade ett steg.

"Jag heter Sven Tropp, och jag hyr huset där borta", jag pekade mot Esters hus. "Jag har träffat Maria några gånger. En riktigt trevlig tjej!"

"Jag är kommissarie Kvist från polisen. Jag måste tyvärr meddela att Maria Ekblad har råkat ut för en trafikolycka, och ligger på lasarettet i sta'n. Jag åkte hit för att få lite bakgrunds-uppgifter om henne."

Han vände igen, låste upp och gick in i huset. Maria i bil-olycka! Jag kände hur håren reste sig på armarna. Det förklarade hennes frånvaro!

"Hur är det med henne?" ropade jag samtidigt som jag följde efter polisen in i huset.

"Jag vet inte. Du får kontakta lasarettet. Ambulansen körde in henne direkt när olyckan upptäcktes, och då andades hon."

"Upptäcktes? Vad menar du med det?"

"En förbipasserande upptäckte bilen, som hade kört in i skogen och krockat mot ett träd, och ringde polisen. Det är svårt att säga hur länge bilen hade stått där. Vi åkte ut direkt när vi hörde anropet.

Jag ringde ambulans och brandkåren. Dom fick såga upp taket för att få ut henne. Hon måste ha kört väldigt fort eftersom bilen blev så demolerad. Hon hade ju ändå kört cirka tio meter in i skogen innan bilen träffade trädet. Det borde ha bromsat in bilen lite."

"Hur väl känner du henne?" fortsatte kommissarie Kvist. "Vi har inte kunnat hitta några anhöriga."

"Jag har inte känt henne så länge", sa jag och kände hur klumpen i halsen hindrade mig att tala ordentligt, "men jag tror inte hon har några släktingar, i alla fall inte här nere."

"Sa du att du heter Sven Tropp?"

Jag nickade.

"Då är du kanske släkt med Bengt Tropp som varit polis?"

"Ja, han var min pappa. Du vet kanske hans sorgliga öde?"

"En mycket duktig utredare. Han löste många brott och var en stor liga på spåren när han olyckligtvis blev skjuten." Kommissarie Kvist strök sig om skäggstubben på hakan.

"Då känner jag dej nästan!" sa han och tittade upp på mig, "och du kan kanske hålla ett öga på huset tills vi vet mera om Marias släktingar?"

"Det går bra", sa jag och tog emot den framsträckta nyckelknippan.

"Är det något så ring mej." Han tog upp ett kort från sin plånbok och lämnade fram det till mig. "Fråga bara efter Roland Kvist."

"Tack", sa jag.

Han lämnade huset och lät dörren stå öppen. Jag satte mig i soffan. Maria på lasarettet! Jag måste ringa och fråga hur hon mår. Jag letade fram lasarettets nummer i en gammal telefonkatalog som Maria hade stående i sin bokhylla, knappade in numret på min mobil och ringde upp.

"Lasarettet. Tryck ett för öppettider, tryck två för att tala med vakten, tryck tre för akuta ärenden, tryck fyra för .." Jag avbröt den inspelade rösten genom att trycka på knapp tre.

"Det är många som ringer. Du är ställd i kön. Du har nummer .....fyra i kön. Tack för att du väntar."

"Akuten!" svarade en levande röst efter det att jag räknats ner till första plats. Det tog några minuter.
"Jag söker Maria Ekblad", sa jag.
"Arbetar hon här? Vem kan jag hälsa från?"
"Nej, nej", sa jag och förstod att jag måste vara mer saklig, "jag söker Maria Ekblad som har kommit in efter en trafikolycka. Jag heter Sven Tropp."
"Är du en släkting?"
"Nej, polisen söker släktingar till Maria och har bett mej hålla kontakten med lasarettet så länge", sa jag och försökte låta övertygande.
"Och vad heter du då?" Hon hade tydligen inte uppfattat att jag sagt mitt namn. Jag låtsades inte om det.
"Sven Tropp."
"Kan du säga igen vad patienten heter?"
"Maria Ekblad. Jag kan inte hennes personnummer." Jag skulle ju frågat polisen om det, tänkte jag. Katten också! Det tänkte jag inte på.
"Ett ögonblick!" sa rösten. En lång väntan följde.
Rösten återkom. "Hon finns inte här. Antingen är hon på OP eller så har hon blivit placerad på någon avdelning. Du får fråga hos vakten var hon ligger i så fall."
"Vad menar du med OP?" undrade jag.
"Ja, det menas att hon kanske opereras just nu. Jag vet inte mera. Vakten får reda på när hon placeras på någon avdelning. Tack." Hon lade på luren innan jag kunde fråga om hon kunde koppla mig till vakten.
Jag ringde upp lasarettet igen.

"Lasarettet. Tryck ett för öppettider, tryck två för att tala med vakten, tryck tre för akuta ärenden, tryck .." Jag avbröt rösten genom att trycka på tvåan.
"Vakten", svarade en myndig röst."Vad gäller det?"

"Hej, jag heter Sven Tropp. Kan du säga mej var Maria Ekblad ligger?"

"Har du hennes personnummer?"

"Nej tyvärr", svarade jag.

"Ett ögonblick då", sa mannen. Jag hörde han mumla medan han sökte i datorn.

"Tyvärr har jag inga uppgifter om henne. Hon har antagligen inte kommit in på någon avdelning ännu. Har du talat med akuten?"

"Ja, dom hänvisade till dej."

"Då ligger hon säkert på OP. Du får höra av dej senare. Antingen opereras hon eller ligger på uppvakningen. Vad har hänt med henne?"

"Jag vet inte. Hon har varit med om en trafikolycka."

"Så du vet inte om hon kommit hit eller till en begravningsbyrå?"

"Usch så du säjer! Polisen sa att hon kommit till lasarettet, och jag hoppas verkligen att hon finns där!" Jag tryckte av samtalet och kände mig väldigt illa till mods. Jag bad till Gud att hon skulle finnas på lasarettet!

Kapitel 19

Jag satt kvar i Marias soffa och kände mig bedrövad. Hoppas bara att hon hade klarat sig utan men! Jag beslöt att ringa upp Ester och berätta för henne. Jag letade fram numret i mobilens kontakter och tryckte på hennes nummer.

"Ester Hagberg!" Hon svarade med sin bestämda röst.

"Hej Ester, det är bara jag, Sven."

"Hej Sven!" hennes röst lät mjukare, "vill du redan komma på återbesök?"

"Ja, jag vill tala med någon vänlig person."

"Det var roligt att du tycker jag är det. Har det hänt något särskilt?"

"Ja, tyvärr. Polisen har varit här och berättat att Maria har råkat ut för en trafikolycka. Jag vet inte hur det är med henne. Lasarettet säger att hon antagligen är på operationsavdelningen och att jag får höra av mej senare."

Hon hörde att jag hade oro i rösten.

"Kom du hit. Ta en taxi om du vill. Jag kan betala. Jag hör att du behöver någon att tala med."

"Jag kan ta mopeden. Den går bra nu."

"Kör försiktigt!" sa Ester. Hon lade på luren.

Jag reste mig från Marias mjuka soffa, gick ut genom den fortfarande öppna dörren, stängde den och låste. Jag tänkte på extranyckeln under krukan. Jag kom ihåg att jag redan haft den i min ficka, men glömt hur den kommit dit. Men sedan kom jag ihåg att jag lagt tillbaka den. Jag fick en idé. Jag tog ett blad från en buske och vek det till en smal rulle, hittade ett tomt papper i fickan som jag placerade bladrullen i. Det blev ett litet paket som såg ut att kunna innehålla en nyckel. Jag formade till pappret och placerade det under krukan. Nyckeln tog jag upp och lade i min ficka. Kanske kunde jag se framöver om någon varit och tittat under gömman.

Jag stoppade händerna i fickorna. Det var något som var fel. Hade jag inte stoppat kuvertet jag hittat bakom brädan i fickan? Det hade tydligen trillat ut under min mopedrunda eller när jag gick till Marias hus. Jag gick med raska steg tillbaka till mitt hus och tittade uppmärksamt efter plastpåsen och kuvertet. Den fanns ingenstans längs vägen. Nåja, det dyker väl upp, tänkte jag.

Per syntes inte till, och det var bara bra. Jag hade ingen lust att prata med honom nu. Nu hade jag många nycklar i fickan, men jag hittade rätt nyckel och låste upp dörren. Vågade jag lägga Marias extranyckel i skrinet i skåpet? Det var kanske bäst att placera skrinet någon annanstans. Det fick bli senare.

Jag satte hjälmen på huvudet och tog på mig Eriks varma skinnrock. Jag låste väl om huset, startade mopeden och körde iväg mot Malmbäck.

Snart såg jag åter de första husen i sta'n, kom ihåg vägen till torget, och ställde mopeden i samma cykelställ som förra gången och låste fast den med kedjan.

Jag gick mot Violen och tog av mig hjälmen. Håret hade blivit fuktigt under hjälmen. Jag svängde av mot konditoriet där jag köpte två bakelser. Jag visste ju redan att Ester gillade något gott.

Jag ringde på klockan utanför Violens entré och kände igen Ulla som öppnade för mig förra gången.

"Hej, är du här igen? Kom in!"
Jag förstod att hon inte glömt mitt utseende.
"Tack", sa jag. "Du vet ju att jag hittar till Ester Hagberg", fortsatte jag och pekade inåt.
"Ja det tror jag nog, välkommen igen!" sa Ulla och stängde dörren efter mig.
Jag knackade på dörr nummer sex, och Ester ropade genast "Kom in!"
Jag öppnade dörren och gick in och tog av mig.
"Det var roligt att se dej igen", Ester lät glad.
"Jag tycker detsamma", svarade jag.

"Men det var väl tråkigt att Maria råkat ut för en olycka? Vi får hoppas att det inte är så illa med henne." Hon gjorde en paus. "Men nu längtar jag efter kaffe." Ester smackade lite. "Vill du inte ha en kopp? Jag ser att du har med dej en påse igen?"

Jag nickade.

"Jag har ordnat med en termos kaffe. Du vet var kopparna står."

Jag dukade fram och snart satt vi åter kring bordet med rykande kaffekoppar och en härlig bakelse.

"Åh en så god bakelse!" utropade Ester. "Visste du att jag längtade efter något gott till kaffet?"

"Ja, jag har sett det i dina ögon. Jag har nog blivit smittad av Majlis!" skämtade jag med ett illmarigt leende.

"Vem är Majlis?" undrade Ester." Är det din fästmö?"

"Jag har ingen fästmö", sa jag och tänkte på Inger igen. "Jag trodde du kände Majlis. Hon bor i byn. Jag vet inte hur länge hon har bott där, men antagligen inte så länge eftersom du inte känner henne. Hon nästan *drog* in mej till sej", fortsatte jag, "bara för att testa sin förmåga att spå. Det var kusligt. Min framtid blev spader dam som kunde tolkas som något tråkigt som skulle hända. Och så händer det här med Maria."

En stunds tystnad följde.

"Fick du reda på hur det är med Maria?" Ester pratade lite otydligt mellan tuggorna.

Jag drack en slurk av kaffet.

"Nej, det gick inte att få reda på något. Jag får ringa igen i kväll." Jag började massakrera bakelsen med min sked. Den var färsk och god. Det blev nog många fler besök på det kondiset.

"Jag köpte lite ägg och grönsaker hos Jonas. Han bor på den stora gården på andra sidan vägen. Din framlidne man arbetade tydligen där?" sa jag för att skingra orostankarna.

"Ja Erik arbetade där och köpte huset av Jonas far. Vi träffades på en marknad, Erik och jag, och kände oss dragna till varandra. Erik blev sjuk och dog, så vi fick inga barn tillsammans." Ester tittade på sin bakelse. Vågade jag fråga om barn som inte var "tillsammans"? Jag beslöt att vänta med alltför intima frågor.

"Hur fick du möjlighet att bo här?" sa jag istället och tittade med huvudet lite på sned för att förstärka frågan. "Du är ju till synes självgående. Idag kommer man inte in på åldersrelaterat boende förrän liemannen har börjat skymtas i backspegeln." "Det var ett bra sätt att uttrycka det på!" utropade Ester. "Det blir nog en bok du ska skriva i sommar!" Hon lät livad i all sorgsenhet. "Du må tro att det var en pärs och en lång följetong för att få en plats här. Kommunen till och med lade in vatten och avlopp i huset för att jag skulle bo kvar hemma. Ja jag fick själv betala en del efter att dom sett vad jag hade på banken. Idag vet myndigheterna allt om en. Men till slut förstod dom efter att jag talat med äldreministern som jag känner sedan tidigare, att varken hemtjänst eller moderna hjälpmedel hjälper mot oro och sömnlösa nätter efter hotfulla röster i telefon." Ester såg genast tio år äldre ut.

"Vad säger du? Hotade någon dej i telefon? Fick polisen tag i förövaren?"

"Nej det gick inte att spåra samtalen. Men jag har några funderingar på vem det kan vara." Ester tystnade och nästan bet sig i läppen. Detta var nog inget som hon hade tänkt att säga. Jag ville inte ta upp tråden nu då jag såg hennes belägenhet. Istället sa jag: "Nej nu ringer jag lasarettet igen! Jag måste få veta något om Maria!"

"Ja gör det!" sa Ester och blev till synes sitt gamla jag igen.

Efter flera rundor i telefondjungeln på lasarettets växel så fick jag veta att Maria faktiskt fanns på lasarettet och låg på uppvakningen. Hon hade inte vaknat upp ännu efter operationen, så man kunde inte säga hur hon mådde. Jag fick höra av mig i morgon. Läkarna hade lappat ihop henne så gott det gick, men skallskadorna var allvarliga, och hon fick nog hållas nedsövd vad man trodde. Man visste mer i morgon.

Jag upplevde att det var tillräckligt med känslosamma ämnen för idag, så jag reste mig från bordet och bestämde mig för att fara vidare. Ester ville inte ha något handlat ännu, så jag sa adjö och vände mot dörren.

"Vänta!" sa Ester, "du kan förresten ta min nyckel med dej. Jag går ändå inte ut."

"Okej, tack!" sa jag, "men jag ska försöka ordna en kopia om det går. Hej så länge! Jag ringer innan jag kommer nästa gång."

"Gör du det. Här är nyckeln." Ester räckte fram den blanka nyckeln som jag lånat tidigare. "Hej då Sven. Det är alltid lika roligt när du kommer fastän våra samtalsämnen inte alltid är det." Hon sträckte fram sin hand. Jag tog den och tryckte den lätt.

Jag var snart ute på trottoaren igen. Greta hade inte synts till. Hon arbetade väl bara där sporadiskt, det hade hon ju själv sagt. När jag stod där och tvekade om vilken riktning jag skulle ta, körde en rostig, röd Opel sakta förbi. Jag skymtade en svart hund som satt i passagerarsätet.

Kapitel 20

Jag gick mot gatan med Systembutiken. Det låg flera olika sorters butiker på båda sidor gatan. Det lyste en skylt "Låssmed" på andra sidan, och jag småsprang över gatan för att inte komma i vägen för bilarna som sakta gled förbi.

En lite klocka pinglade när jag öppnade dörren och klev in. En man kom ut från ett bakre rum med ett verktyg i handen.

"Hej!" sa han, "vad kan jag hjälpa till med idag då?"

"Jag skulle vilja göra en kopia av den här nyckeln." Jag räckte fram Esters nyckel mot mannen. Han tog emot den och granskade sifferkombinationen som stod på nyckeln. Jag ångrade mig nästan att jag gått in till en auktoriserad låssmed när jag såg hans min. Han tittade upp på mig med vad jag tyckte ett misstänksamt uttryck i ansiktet.

"Var har du fått den här ifrån?" undrade han.

"Hurså?" jag försökte att inte låta uppkäftig.

"Detta är en skyddad nyckel. Ägaren har lagt ner mycket möda på att välja denna sortens lås. Som du ser så är axet vinklat. Det är ingen nyckel som vem som helst kan kopiera. Det fordras intyg från den som äger låssystemet och jag måste skicka iväg nyckeln om det ska göras någon kopia. Jag tror det blir svårt."

"Ojdå!" utropade jag. "Det hade jag ingen aning om! Min släkting på Violens äldreboende bad mej göra en extranyckel så jag kan komma och gå som jag vill."

Jag kände att det hettade lite på öronen av skammen efter den något vitfärgade lögnen.

"Jag får nog ordna ett tillstånd av föreståndaren," sa jag och sträckte mig efter nyckeln i hans hand.

"Ett ögonblick!" sa låssmeden och drog handen åt sig. "Jag måste be om legitimation ifall polisen kommer och frågar. Jag känner ju inte dej och du kanske är ute i oärliga syften."

Jag ville inte bråka och hade inget att dölja, så jag räckte fram mitt körkort. Han antecknade mitt personnummer och räckte sedan tillbaka körkortet efter att noga studerat mitt ansikte.

"Idag kan man inte vara nog försiktig", sa han för att försöka släta över den pinsamma situationen. "Prata med föreståndaren. Dom kanske har extranycklar som du kan kvittera ut. En sådan här nyckel är inte billig." Han räckte över nyckeln efter att ha antecknat numret.

"Tack så mycket", sa jag och kände mig nästan lite skamsen. Dumt! Jag behövde inte alls känna något sådant. Hoppas bara inte Ester fick något obehag av detta. Jag gick snabbt ut genom dörren och beslöt att genast gå tillbaka till Violen och prata med föreståndaren. Jag ville absolut inte att Ester skulle få något obehag av detta.

När jag stod framför entrén till Violen så synade jag nyckeln. Axet var vinklat som låssmeden hade sagt. Jag hade inte lagt märke till nyckelns utseende. Jag satte nyckeln i låset och öppnade dörren. Ett litet pling hördes. Det hade jag inte lagt märke till tidigare. Genast kom en personal fram. Det var ingen jag riktigt kände igen men kanske?

"Hur var det här då?" hon stirrade på mig som om jag brutit mig in.

"Jag ba..bara öppnade dörren", stammade jag fram. "Jag fick låna fru Hagbergs nyckel. Sist var det ingen som reagerade."

"Jaså, det har hänt tidigare!" Hon lät skarp i rösten.

"Prata med Ulla, hon känner igen mej", sa jag och försökte blidka henne.

"Ulla har slutat för dagen. Jag heter Anna och är föreståndare här på Violen. Vi har kanske träffats, men jag kan inte känna igen alla!" Hon fortsatte. "Så här får det inte gå till med nycklarna! Det får bli en tillsägelse på personalmötet nästa vecka!"

"Jag ber om ursäkt för om det har blivit något fel", försökte jag, "men Ester Hagberg har bara handlat i god tro. Det är jag som bär skulden. Jag förstod att något var fel när jag skulle göra en kopia."

Anna tittade upp. Nu kom de röda fläckarna på kinderna.

"Jaså det var du! Låssmeden ringde precis. Jag var på väg att ringa polisen!"

"Oj, oj! Har det hänt något tråkigt här som orsakar det här pådraget? Då var det tur att jag gick tillbaka meddetsamma."

"Ja det kan du tro!" hon tittade ner. "Nu försöker vi lösa det här. Kom med in på mitt kontor", sa Anna och gick mot dörren till rummet med glasfönstret. Jag lommade slokörat efter.

Violen hade tydligen haft påhälsning tidigare. Någon hade brutit sig in men inte kommit så långt eftersom larmet gick och vederbörande blivit skrämd och försvunnit. Polisen misstänkte att man var ute efter narkotiska preparat. Efter det så bytte man låssystem och förstärkte entrépartiet.

"Vi har bara ett visst antal nycklar, och varje boende har fått skriva på att de tagit emot ett exemplar, och att det inte fick lämnas ut till någon annan!"

Annas röst var myndig och klar. Jag förstod varför hon hade blivit föreståndare. "Till och med de som är extrapersonal måste ringa på dörren för att bli insläppta", lade hon till.

"Hur visste du att jag tog mej in med nyckel?" undrade jag.

"Även om man har nyckel så hörs en signal när man öppnar dörren. Ringsignalen utifrån uteblev och dej kände jag inte riktigt igen."

"Aha!" sa jag, "då förstår jag. Hädanefter ska jag ringa på dörren. Jag hoppas att du inte ger Ester någon reprimand för detta. Du får helt och hållet skylla på mej. Jag ska förklara för henne vad som hänt."

"Det får bli senare", sa Anna. "Nu vilar hon sej. Jag lämnar tillbaka nyckeln till henne senare."

"Det var snällt. Ursäkta att jag har ställt till det!" sa jag, tog henne i hand och sa adjö. Jag lämnade Violen med en ny erfarenhet.

Jag tänkte på Rolando Kvist, som det stod på hans visitkort. Polishuset hade jag skymtat vid torget när jag första gången var i Malmbäck. Jag bestämde mig för att söka upp honom meddetsamma ifall Anna fick för sig att ändå kontakta polisen. Min blick svepte över torget och jag såg den välbekanta skylten på andra sidan. Jag sneddade rakt över torget och rundade de få torghandlarna som stod där.

Polishusets entrén var välkomnande men ändå lite pampig. Man skulle ha klart för sig att man kom till en myndighet. En kvinna satt bakom en lång disk, och jag gick fram till henne.

"Hej, jag heter Sven Tropp, och skulle gärna vilja tala med Roland Kvist."

Kvinnan tittade upp och granskade mig.

"Har du bestämt tid med honom?"

"Nej. Jag är tillfälligt i sta´n och tänkte passa på att prata med honom."

"Ett ögonblick!" hon slog ett nummer på sin telefon.

"Hej Rolle! Har du tid att prata med," hon vände sig till mig, "hur var namnet nu igen?" "Sven Tropp." "med Sven Tropp?" Hon lyssnade i luren och lade sedan på den efter ett "Okej."

"Du kan gå upp till honom genast. Ta hissen till tredje våningen. Hans namn står på dörren till höger."

"Tack så mycket!" sa jag och gick mot hissarna.

Hissen stannade snällt på tredje våningen som jag valt på knappsatsen. Jag gick snabbt ut när dörrarna öppnades och svängde till höger. Där gick en korridor med dörrar på båda sidor. På den andra dörrens glasruta stod med svarta bokstäver: Kriminalkommisarie Rolando Kvist.

Jag knackade på dörren. "Kom in!" hördes från rummet. Jag öppnade dörren och gick in. Stängde efter mig och tog den framsträckta handen.

"Hej igen! Vad gör du i sta´n?"

"Jag hälsade på Ester Hagberg, hon som jag hyr stugan av i Mörkullen, om du kommer ihåg."

"Ja, jovisst!" Han kliade sig i nacken. "Har det hänt något med henne?"

"Nej, men jag gjorde bort mej idag. Hon bor på Violens äldreboende och lånade mej sin nyckel. Jag tänkte kopiera den så jag lätt kunde komma och gå, men det blev ett riktigt rabalder av det. Låssmeden skulle ringa polisen om jag inte visade min legitimation."

"Jaha, men då fungerar det ju bra!" Han sken upp."Vi har haft incidenter där, så polisen har rekommenderat bättre lås-anordningar. Man har ju lite starka grejor inlåsta som buset vill åt. Har det ordnat upp sej?"

"Jag tror det, men om du kanske hör något som gäller mej så vet du vad som ligger bakom."

"Ja, det ska jag komma ihåg. Hur går det annars i Mörkullen? Har det hänt något annat?"

"Hur menar du? Vad skulle ha hänt?"

"Nej, jag tänker på olyckan med flickan, vad hon nu heter. Vi vill tala med henne, men man håller henne nedsövd fortfarande efter operationen. Det behövs tydligen efter skallskadan. Har du funderat på något annat?"

"Jag vet inte vad som hör ihop. Har ni kontrollerat bilen mera?"

"Vi har den här i garaget. Den är ganska demolerad, så det är svårt att se om något har fallerat. Vi har inte hittat något hittills."

"Det var något jag kom att tänka på", sa jag dröjande. "Häromkvällen gick jag till Maria för att hämta något jag glömt där."

"Jaså ni är så bekanta?" avbröt Rolando Kvist.

"Nej det är vi inte. Jag ställde bara in min mjölk i hennes kylskåp efter att vi kommit hem."

Jag visste inte hur jag skulle säga för att inte bli missförstådd. Rolando Kvist tittade lite frågande på mig och jag förbaskade min dåliga vana att snabbt bli röd om öronen.

"I alla fall", fortsatte jag, "så såg jag en figur i motljuset när jag gick på vägen. En figur som reste sig upp från vad jag tror var Marias bil. Han sprang iväg utan ett ord. Jag upptäckte att däcket på Marias bil var sumpigt. Jag trodde bara att det behövde luft. Jag såg också en liten oljefläck, men det är ju vanligt att gamla bilar läcker."

"Jag skall se på det", sa Rolando. "Vi får kolla broms-ledningarna igen. Vi tyckte det var konstigt att det inte fanns några bromsspår, men detta kan kanske vara anledningen. Om det är något som är fel, så kommer saken i en helt annan dager. Har du bevittnat detta, så ska du kanske också vara lite försiktig."

"Maria nämnde någon fästman som hon haft tidigare. Han hade tydligen misshandlat henne och åkt in. Jag kan inte hans namn, men när hon hade besinnat sig, så trodde hon att han fortfarande var intagen, så det kunde inte vara han som jag sett vid bilen."

"Jag ska se vad jag kan hitta i arkiven. Du kan kanske leta efter ett namn hos Maria, nu när du ändå har nyckeln? Meddela mej om du ser något intressant!"

"Ja, det ska jag göra", sa jag, "och tack för att jag fick tala med dej så snabbt!"

"Det är jag som ska tacka! Inga bus ska komma undan sina gärningar!" Rolando log och klämde min hand.

"Ursäkta", sa jag, "men får jag fråga: det står Rolando på ditt visitkort, men du säger själv Roland. Vad skall jag kalla dej?"

"Kalla mej Rolle! Jag jobbade med din pappa så vi känner ju nästan varandra! Min mamma kommer från Spanien så hon ville att jag skulle heta något som påminde henne om sitt hemland, men pappa ville ha något svenskt. Dom gick halva vägen var, kan man säga. Jag vill inte ändra namnet för mammas skull. Där fick du historien!"

"Tack nu vet jag. Hej då Rolle!" Jag lämnade rummet och gick mot hissarna.

Väl ute i friska luften så kände jag mig både trött och skakig. Magen var tom, så jag gick bort till min namne på Milano.

"Hej Sven. Ge mej en specialpizza!" utropade jag när jag ramlade in genom dörren.

"Oj då. Är du på väg att dö av svält? Jag fixar genast en Milano!" Han bredde skrattande ut degen och lastade på sina ingredienser. Snabbt åkte pizzan in i ugnen. Jag satte mig ner och hällde upp ölen jag snappat upp i kyldisken i ett glas.

Dörren slogs upp och in kom nästa kund. Han skyndade fram mot disken där det redan stod två kartonger med pizzor. Jag såg att det var Adolf.

"Hej Adolf!" hojtade jag, "hur går det med bilen?" Han vände sig frågande om och såg på mig med en förbluffad blick.

"Vad vet du om bilen?" Han nästan morrade.

"Du stod ju och fixade med den när jag gick förbi", sa jag i neutral ton, "kommer du inte ihåg det? Rex kom till och med fram och hälsade", lade jag till.

"Du ska va jävligt noga med vad du lägger näsan din snok! Den kan kanske bli jävligt bränd. Jag vet nog vad du håller på med för fanskap! Håll du dej hemma i Esters gamla jävla ruckel! Du vet vad som kan hända i byn!"

Han vände sig om, betalade sina pizzor och gick.

"Oj då", sa Milano, "där osade det mycket svavel."

"Ja, jag vet inte varför han är så vrång", sa jag, "men nu är jag jättehungrig!"

"Här kommer pizza Milano!" Milano kom fram till mitt bord med en härligt doftande tallrik. Jag åt som om jag inte sett mat tidigare.

Kapitel 21

Med välfylld mage riktade jag mina steg mot System-bolaget. Ingen syntes till på trappan. Det var kanske dags att uträtta vissa behov? Jag hade ju varit där tidigare så jag visste var whiskyn fanns. Nu skulle det finnas en flaska att bjuda Arne på. Det blev också några starköl och en flaska kryddat brännvin.

Sedan till ICA-butiken som vanligt. Jag gick snabbt in i affären. Det blev lite bröd, smör, konserver och mjölk. Lite pålägg och wienerkorv gick också ner i den röda korgen och några läskedrycksburkar.

Med de båda kassarna fullproppade gick jag tillbaka till torget och min moped. Kassarna fick bra plats i packfickorna.

Medan mopeden puttrade på hemåt tänkte jag åter på dagarna som gått. Mopedåkandet blev som en slags meditation. Stackars Maria! Och jag som bara tänkte på mig själv och var lite putt på henne! Nu måste jag se till henne på riktigt!

Jag svängde ner mot byn och stannade mopeden utanför Marias hus. Jag kunde lika gärna titta till det nu när jag ändå passerade. Stadigt ställde jag mopeden på sitt ställ och tog av mig hjälmen och lade den på sadeln. Jag lyfte på blomkrukan. Pappret var borta! Vem hade varit där? Jag beslöt mig för att gå en runda runt huset. Allt verkade okej. Men såg inte altandörren lite konstig ut? Det fanns bara handtag på insidan, men dörren glipade en aning. Jag tog tag i den och blev förvånad när den gick upp direkt. Jag gick in i rummet.

"Hallå!" ropade jag. Snabba steg hördes. Det lät som om ytterdörren slängdes upp. Ett brakande ock klirrande hördes tillsammans med en halvkvävd svordom. Mopeden! Jag sprang genom rummet och ut genom den nu öppna ytterdörren. Där låg mopeden vält mot marken och en figur i hoodjacka sprang över fältet i den tilltagande skymningen.

"Hallå!" ropade jag, men han bara fortsatte utan att vända sig om. Från packväskorna rann en alkoholluktande vätska. Satans också! Ölen!

Jag reste upp mopeden och gick igenom det sargade innehållet i väskorna. Det mesta hade klarat sig, men en ölflaska hade gått sönder.

Vad var det i Marias hus som var så värdefullt? Var det samma kille som jag sett tidigare eller hade byn invaderats av tjuvar och banditer? Den jag såg tidigare hade inte haft något på huvudet.

Jag gick in i Marias hus igen och såg efter om något hade rörts eller om tjuven inte hunnit med så mycket innan han blev skrämd. Några böcker från bokhyllan låg kastade på golvet. Lådor i en byrå var utdragna. Något hade han letat efter, men vad? Jag beslöt att ringa Rolando Kvist.

"Hej, du har kommit till Roland Kvist. Prata efter tonen."

Jag talade om vad som hänt i Marias hus. Han fick väl höra av sig när han hört meddelandet. Jag lämnade mitt telefonnummer innan jag knäppte av samtalet.

När jag ändå var i huset så kunde jag leta efter spår till Marias ex.

Jag började titta i lådorna som inbrottsbuset hade öppnat. Där var en enda röra. Undra vad han hade letat efter? Jag hittade ingenting som kunde berätta något.

Om Maria skrev dagbok så fanns den säkert på något annat ställe. Jag hade inte varit i hennes sovrum så jag lyfte på gobelängen och öppnade dörren till rummet.

En trivsam säng i det bredare formatet var den dominerande möbeln i det lilla rummet. Det verkade som om inkräktaren inte hade lagt märke till dörren till Marias sovrum. Allt verkade vara i ordning. En gammal sjömanskista stod under fönstret, och som nattduksbord hade hon en margarinlåda i trä stående på ena gaveln och med texten "Pellerins margarinfabrik" längs ena sidan. Hon hade snickrat en extra hylla mitt i lådan och där stod väckarklockan på en svart anteckningsbok med röda kanter. Ovanpå lådan låg en deckare av någon känd amerikans författare, och på väggen ovanför sängen satt en läslampa med rörlig hals.

Hade hon sin dagbok liggande så? Ligger man i sängen och skriver så är det kanske inte så konstigt. Jag plockade upp boken. En känsla av förbjuden frukt poppade upp i skallen när jag öppnade den. Var det så Adam hade känt sig i Edens lustgård?

På första sidan stod Marias namn och personnummer. Det kunde vara bra att ha när jag besökte henne på lasarettet. Nästa sida verkade vara någon slags telefonbok. Namn och nummer till olika personer som jag inte kunde länka till henne. Kanske arbete och kompisar? Ingen annan Ekblad. Där stod några mansnamn som kanske kunde ge något. Jag beslöt att ta med mig boken och studera den bättre hemma. Jag ville inte ringa så här sent på kvällen.

För att inte mopedväskorna alltid skulle lukta alkohol så tog jag påsarna och gick in och lade dem i Marias diskho. För säkerhets skull så låste jag mopeden med kedjan. Jag måste ju fixa till altandörren också. Nu var det snart mörkt så jag band bara fast handtaget i fönsterhaken vid sidan om. Snickeriarbetet fick vara tills i morgon. Jag kände mig trött. Det hade hänt så mycket idag. Varför kunde jag inte lika gärna sova här? Jag beslöt mig för att stanna för natten. Maria behövde i nuläget varken säng eller mat. För en gångs skull kunde jag gå till sängs med en nyduschad kropp.

Jag gick ut i köket. En brödlimpa låg och väntade på mig. Jag skar ett par rejäla skivor och bredde Marias Flora på. Ett par skivor vitlökskorv fick vara kronan på verket. En ölflaska som stod ensam i kylskåpet blev snabbt uppkorkad och hälld i ett högt ölglas. Jag satte mig i Marias mjuka soffa och ställde maten på soffbordet. Skulle jag knäppa på TV:n? Det fick räcka med radion på låg volym. Smörgåsarna och ölen upplevde jag som ett av det godaste jag ätit och druckit på väldigt länge. Den mjuka musiken och ölen vaggade mig i en ljuvlig känsla av tillfredsställelse.

Jag ryckte till av ett ljud. Hade jag somnat? Klockan i mobilen framför mig på bordet visade 02.37. För säkerhets skull gick jag till ytterdörren, tände ytterlampan och öppnade dörren.

Det stank av bensin! Mopeden låg på sidan, bensinslangen var avdragen och bensinen kluckade ut. Jag fick snabbt upp mopeden igen och stängde bensinkranen. Jag svängde moppen fram och tillbaka. Bensinresterna i tanken kluckade förhoppningsfullt. Det var nog halva tanken kvar i alla fall. Jaså det var krig man ville ha. Jag anade var krigsförklaringen kom ifrån. Det var bäst att låsa in mopeden. Sagt och gjort!

Mopeden leddes till Esters hus och låstes in i skjulet. Jag tog på mig min stickade mörkblå mössa. Eriks varma skinnjacka hängde redan på mina axlar. Släckt skulle det vara i båda husen, både mitt och Marias.

I mörkret kom snart mitt mörkerseende fram och jag orienterade mig upp för backen mot Fästningen. Nu skulle jag kanske få se vem som bråkade med mig. Adolfs hus verkade nedsläckt, men från ett fönster på baksidan lyste det fortfarande. Gruset knastrade under mina fötter. Jag måste smyga och röra mig långsamt. När jag närmade mig fönstret hörde jag röster. Adolfs manliga stämma och en annan lite knarrigare.

"Nu fick den nyfikne jäveln vad han förtjänade!" sa den knarriga rösten.

Jag tänkte inte röja mig, utan stod blickstilla.

"Men du får ta det jävligt lugnt! Tänk på att jag bor här! Ett enda jävla misstag och du åker in igen!"

"Va! Ska du sätta dit mej din jävel? Är det det som du säger? Jag hoppas du har ditt jävla liv så kärt, att du tänker på vad du gör!"

"Hota mej inte för helvete! Det är fler än jag som jävligt snabbt kan förpassa dej dit du kom ifrån, tänk på det!"

De båda männen mumlade något och sedan var det tyst en stund.

"Hade du handskar på dej när du bröt dej in hos Maria?" hördes Adolfs röst.

"Tror du jag är född igår?" svarade den andre.

Jag rörde mig baklänges upp för en slänt som låg bakom huset och som slutade i en liten skogsdunge. Kanske kunde jag komma högre upp och få en skymt av den andre. Jag skulle naturligtvis haft en kikare med mig! Det fick jag tänka på senare. Sakta backade jag upp mot slänten och fick mer och mer inblick genom fönstret. Plötsligt hördes ett högt utdraget jamande, och en katt sprang ljudligt iväg. Jag hade nog trampat på den när jag gick baklänges. Männen där inne rusade mot fönstret och sedan ut.

"Det är någon jävel där! Ta geväret!"

Jag väntade inte tills de kom ut utan sprang fort upp till skogsdungen och ställde mig alldeles stilla bakom en rak bok. Männen kom ut på gården. Den ene verkade halta något.

"Ser du nå't! E de den där jävla snoken igen?"

"Håll käft! Vi måste lyssna!"

De båda männen blev tysta. Endast deras uppjagade andhämtning hördes, men den blev tystare och tystare. Jag försökte stå så stilla jag kunde.

"Kanske han står där uppe i skogen!" sa den knarrande rösten, siktade och sköt ett skott. Jag kände hagelsvärmen svepa förbi. Ett hagelkorn slog in i jackan. Jag skickade en tacksam tanke till Erik där uppe och tackade för det tjocka svinlädret. Jag uppbådade alla mina krafter för att stå kvar, stilla och tyst.

"Vad i helvete gör du! Skall alla jävla människor lockas hit, din skjutglade jävel!"

"Jag tyckte jag såg nå't!" försvarade sig den andre.

"Gå nu ner till byn och se om det lyser i något av husen. Se'n är det nog dags att sova."

Adolf tog geväret från den andre och började gå in.

"Ska jag sätta fyr på den där jävla snorvalpens hus? Då kanske han flyttar från byn fort som fan!"

"Nej, för helvete! Då får vi bara massa bylingar och säkerhetsfolk hit. Det är det sista jag vill!"

"Okej då." Den knarrige lommade iväg ner mot byn. Jag stod kvar ifall hunden skulle rastas. Jag tänkte på hur jag skulle ta mig hem, och när. Det var tur att det fanns någon som bromsade galningen som ville bränna upp huset. Benen började somna och blåsan kändes full. Det var nära att den hade tömts när skottet gick av.

Kapitel 22

Det blev tyst så jag kunde gå bortåt i träddungen till en lite säkrare plats. Där satte jag mig och väntade på att den okände galningen skulle återvända från byn, så att jag kunde gå hem och få lite sömn. Det dröjde nästan tjugo minuter innan jag hörde de släpiga stegen i gruset. En dörr öppnades och stängdes. För säkerhets skull väntade jag en stund till. Sedan styrde jag stegen mot byn och Marias hus. Där hämtade jag mina påsar. Det blev ingen dusch i natt. För säkerhets skull tittade jag in i Marias sovrum. Det såg orört ut. En tanke slog mig. Fanns det något mera i Marias låda, som kunde lämna fler upplysningar? När jag studerade den egenhändigt gjorda mellanhyllan så såg den ovanligt tjock ut. Jag gick närmare.

Åh! Maria var ju riktigt påhittig! Mellanhyllan i margarinlådan var egentligen två hyllor med ett litet mellanrum. Där hade hon placerat sin ultratunna laptop. På baksidan hängde sladden till laddaren ner. Jag samlade ihop alltsammans och tog med mig det ut. Jag gick ut i den svarta natten efter att omsorgsfullt låst dörren. Nu måste jag hem och sova.

Ett långt ihållande ljud från ett signalhorn väckte mig abrupt. Hade det redan gått så lång tid! Det hade verkligen hänt mycket på den här veckan men jag hade inte räknat dagarna. Jag behövde egentligen inte handla någonting. Maten jag handlat på ICA räckte ett tag, men jag gick ändå ut till bussen efter att ha dragit en kam genom håret.

"Sover du med kläderna på?" Det var Per som stod och tittade på människorna runt bussen.

"Ja, jag var nog lite trött i går", försvarade jag mig.

"Åskade det i natt? Jag vaknade av en smäll."

Jag tänkte på det avlossade skottet och gropen i Eriks skinnjacka.

"Jag har inte märkt något", ljög jag. Man måste inte berätta allt, tänkte jag.

"Det verkar bli en fin dag. Jag var på Systemet igår, så vi kunde kanske träffas i din trädgård senare och ta ett glas? Jag har inte varit på din uteplats."

"Det verkar vara en bra idé!" sa Per, "men jag måste gå ett ärende först. Jag hör av mej senare."

Jag nickade och gick upp i bussen.

"Hej Josef! Har du öl?"

"Inget öl och cigaretter. Det står på tavlan utanför. Jag slutade med det efter inbrotten."

"Det var tråkigt att du inte får ha bussen i fred", sa jag. Han nickade.

"Jag tar en limpa där uppe", jag pekade mot hyllan. "Den var så god sist. Och så fyra apelsinläsk."

Josef lade brödet i en påse. Burkarna ställde han i en plastkasse. Jag betalade, tackade och gick.

"Inget mera?" hörde jag bakom mig. Jag skakade på huvudet, men vände mig sedan om.

"Har du batterier?" frågade jag. Josef visade en karta med olika sorter. Jag pekade på den jag ville ha och han plockade fram.

"Fyra stycken", sa jag.

Jag betalade batterierna, tackade och fortsatte sedan ut ur bussen. Jag måste hem och ringa Rolando Kvist, och berätta om nattens händelser.

Väl inne i huset så letade jag fram Rolandos kort och ringde upp.

"Roland Kvist", hördes en röst.

"Hej. Det är Sven Tropp. Det har hänt en del saker i byn inatt."

"Jaså vad då?"

Jag berättade om inbrottet hos Maria. Hur jag överraskat inkräktaren, och hur han sprang på min moped och välte den.

"Slog han sej?" frågade Rolando.

"Det har jag faktiskt inte tänkt på", sa jag, "men jag hörde en svordom, så han slog sej nog lite på den när den välte. Men det var inte värre än att han kunde komma tillbaka senare och försöka tömma mopeden på bensin. Det var tur att han var dum nog att lägga den ner på sidan. Det var det ljudet jag vaknade av. Jag hade somnat i Marias mjuka soffa", sa jag urskuldande. "Bensinen hade nog kunnat rinna ut ändå."

Jag fortsatte berätta om skadorna på Marias altandörr, hur jag smög upp till Adolfs hus och hörde hur de berättade om inbrottet hos henne.

"Vad ska han där att göra?" undrade jag, "har du kunnat hitta något om Maria Ekblad i datorn?"

"Jag har hittat flera stycken, men jag vet inte vem som är den rätta."

"Jag har hennes bok här. Vänta!" Jag tog fram boken och slog upp första sidan.

"Här står hennes personnummer." Jag läste upp siffrorna för honom.

"Jaha, Maria Eleonora Ekblad. Hon har tydligen varit i rätten."

"Är hon straffad?" undrade jag.

"Nej, det tror jag inte. Hon har varit vittne i en rättegång. Får se nu. Nej, hon har varit målsägare i ett misshandelsfall."

"Har hon misshandlat någon?"

"Nej, hon har *blivit* misshandlad. Äh..av en herr Torsten Gränger."

"Då är det han som springer omkring och gör ofog!" utropade jag.

"Nej det tror jag inte", sa Rolando. "Han ska sitta i fängelse uppåt landet. Det var inte bara misshandel. Han blev fälld för narkotikabrott också, så det blev några år."

"Då är det någon annan av Adolfs kompisar", sa jag. "Han är kanske bara bekant med busar. Det är inte lönt att ta in honom. Han kommer snart tillbaka, och då kanske det blir ännu värre. Han pratade om att han gärna ville sätta eld på mitt hus. Det är kanske bäst att vänta till det finns bevis mot honom."

"Du har nog rätt. Det märks att du fått gener från din far! Jag kollar vidare på den där Torsten Gränger. Han har kanske andra fula kompisar. Vi hörs!"

Rolando avslutade samtalet.

Jag tog fram Marias dagbok. Det kanske fanns mer uppgifter i den än jag hittat tidigare, men den handlade mest om namn och telefonnummer. På någon sida hade hon ritat några krumelurer. På en annan hade det blivit ett slags släktträd. Hennes namn stod sist nere på roten till trädet. Hon verkade inte ha några syskon. Jag fick kontrollera de andra släktingarna, och se om de levde. Jag undrade hur Maria mådde och ringde upp lasarettet.

"Hej det är Sven Tropp. Hur är det med Maria Ekblad?" frågade jag när jag äntligen kom fram till rätt avdelning.

"Vi håller henne fortfarande nedsövd för att inte belasta hjärnan. Det blir nog en operation till för att minska trycket från de inre blödningarna."

Sköterskan som presenterade sig som Gunilla Persson, lät väldigt kompetent och saklig. Det var bara att vänta då. Jag fick telefonnumret till avdelningen så jag lättare kunde komma fram.

"Men ring inte på förmiddagen", sa Gunilla Persson, "då går ronden och det är svårt att svara på telefon."

Jag lovade att ringa på eftermiddagarna, tackade och avslutade samtalet.

Jag öppnade Marias laptop och tryckte på startknappen. En ruta öppnade sig. Jag kom inte vidare. På min dator var det bara att köra när den kommit igång. Jag tryckte på några tangenter. De bildade stjärnor i rutan allteftersom jag tryckte. Jag tryckte på Enterknappen.

"Fel lösenord" svarade datorn. Jag kliade mig i huvudet. Den var lösenordsskyddad! Jag skrev "Maria". Samma svar. Om jag skulle ha ett lösenord, vad skulle det då vara? Det måste vara något jag kunde komma ihåg. "Maria" var det i alla fall inte. Hade inte Rolando nämnt något mellannamn? Jag skrev in "Elenora". Fortfarande fel. Hade han inte sagt Elenora?

Jag försökte frammana samtalet ur minnet. Jag öppnade min egen dator och skrev "Elenora" i Googles sökruta. "Menar du Eleonora?" kom svaret. Jag trodde att alla stavningarna skulle godkännas, men jag blev glatt överraskad. Jag skrev "Eleonora" på Marias laptop. Genast öppnade sig skrivbordet. Där stod prydligt en genväg: "Dagbok". Jag klickade på den.

"Välkommen till min dagbok." Det verkade som hon försäkrat sig om att ingen annan skulle öppna den.

Under öppningssidan fanns årtal, månader och dagar. Jag klickade på det senast skrivna.

"Jag undrar om det är han."

Mitt hjärta började slå fortare. Menade hon mig? Men det lugnade ner sig när jag fortsatte läsa. *"Men det kan det väl inte vara? Han måste väl sitta inne mycket längre? Jag får kontakta Gruvberget."*

Det var det sista som stod. Namnet sade mig inte något. Jag får fråga Rolando.

Precis som en tankeöverföring ringde det på mobilen.

"Sven Tropp", svarade jag.

"Hej, det är Roland Kvist igen! Den där Torsten skulle sitta inne på en öppnare anstalt som heter Gruvberget. Han fick permission för att gå på sin mors begravning, men har inte återkommit. Vid kontroll så har hans mor redan blivit begravd för några år sedan. Han har alltså avvikit. Det kan mycket väl vara han. Jag skickar en bil."

"Då hoppas jag det är han", sa jag, "annars så blir det inte roligt här i byn!"

"Vi får hoppas på det bästa", sa Rolando.

Det pep till i telefonen. Samtalet var avslutat.

Jag var villrådig. Jag kunde ju inte vara i två hus samtidigt. Mina tankar snurrade. Majlis! Henne hus låg mitt emellan. Kanske var hon hemma? Jag bytte till rena kläder som jag hämtat in från strecket i trädgården. Nu var de torra, och linan hade fått vara uppe. Jag sneglade mot skjulet. Var hade påsen med kuvertet tagit vägen? Jag kom ihåg att jag stoppat det i fickan, men sedan hade det tydligen ramlat ur.

Nåja! Majlis kanske visste? Tandborstning först. Jag gick ut och låste dörren. Solen sken och grusvägen dammade lite när skorna skrapade mot marken. Jag kom fram till Majlis hus och knackade på. Efter en stund öppnades dörren.

"Ja?" sa Majlis. Hennes hår var invirat i en rödrandig frottéhandduk.

"Åh, ursäkta!" sa jag. "Det är Sven. Jag ville inte störa dej."

"Nej men Sven!" hennes ansikte lyste upp. "Kom in! Jag bara tvättar håret men det är klart nu. Vill du ha lite te?"

"Ja tack, om jag inte stör."

"Nej, nej, du stör inte alls. Här händer det inte så mycket!"

Var du glad för det! Tänkte jag, men jag sa inget.

"Tack", sa jag och gick in i hallen och stängde dörren efter mig. Majlis donade i köket och kom efter en stund in i rummet där jag gått in och satt mig med en bricka. Två rykande koppar te och en tallrik med två ostsmörgåsar samsades på den runda träbrickan.

"Varsågod!" sa hon och ställde alltsammans på bordet. "Du ser så hungrig ut att jag gjorde två smörgåsar till dej. Hoppas det går bra?"

"Ja tack!" sa jag och tänkte att hon måste vara en riktig spåkärring! Men det var hon ju! Det hade inte blivit tid för någon frukost.

"Vad kan jag hjälpa dej med då?" Majlis röst var både nyfiken och lite uppfordrande.

"Det där med spader dam", sa jag "blev kusligt rätt. Du känner kanske Maria här intill? Hon råkade ut för en trafikolycka samma dag."

"Och det tycker du hade med dej att göra?" Majlis tittade frågande på mig. "Är ni förlovade eller något sådant?"

"Nej, men vi är goda vänner. Jag tycker om henne." Mina tafatta förklaringar verkade krystade.

"Hur länge har ni känt varandra då?"

Jag sa inget. Det var en pinsamt kort tid som jag känt Maria.

"Det kan du nog se", sa jag lite skämtsamt, "men det är inte därför jag kom hit. Det har blivit lite oroligt i byn. Kan du se om det blir lugnare. Och så har jag tappat ett kuvert. Jag vet inte vad som stod på pappret. Kan du se något av detta?"

"Oj då! Du tror verkligen på mina förmågor, kanske mer än jag själv!" Ett litet pärlande skratt rullade upp ur hennes strupe.

"Nu ska vi se", fortsatte hon, "vi dricker vårt te först och du äter upp dina smörgåsar, så kan vi se om jag kan få fram något."

Jag lät mig väl smaka. Brödet var färskt och osten lagom lagrad. Jag kände suget i magen försvinna mer och mer. Jag blev lite dåsig. Majlis visade på en skön fåtölj som jag satte mig i och hon satte sig i en likadan mitt emot mig.

"Slut nu ögonen och tänk på de problem du har. Uppfatta de saker jag säger och gör en bild av dom."

Majlis hade svept om sig en filt för att hålla värmen, och satt nu med slutna ögon. Jag sjönk tillbaka i fåtöljen, slöt ögonen och tänkte på kuvertet från Esters skjul som jag tappat.

"En nästan ogenomskinlig plastpåse." Majlis röst lät tyst och mörk. Jag såg påsen framför mig, och kände igen den.

"Gammalt gulnat papper." Samma mörka röst. "En önskan om upprättelse. Kanske bekännelse. Osäker underskrift."

Jag försökte se det som Majlis nämnde, ett gulnat ark papper med otydlig text. Hennes förutsägelse om osäker underskrift störde mig. Det suddade ut bokstäverna under den sirliga handskriften som jag anade.

"Där var det slut!" Majlis öppnade ögonen och talade med sin normala röst.

"Det är inte meningen att vi ska se allt!" var hennes korta förklaring på det abrupta slutet, men jag tyckte hon var skicklig som kunde få mig att se det jag hade sett.

"Kunde du se nå´t?" frågade hon.

"Ja, du kunde verkligen förmedla synen av brevet", sa jag, "men när du nämnde 'osäker underskrift' så blev bokstäverna utsmetade."

"Ja då skulle vi inte se mera", sa Majlis, "men du får leta efter det. Det känns som om det finns på en mörk plats och inte ska finnas kvar i morgon."

Jag kände besvikelse.

"Vi får tänka på oron i byn, så får vi se vad det blir. Vi gör på samma sätt." Majlis blundade och försjönk åter i tankar i fåtöljen.

Jag blundade också.

Det gick en lång stund och jag nästan somnade till, men så spratt jag till när Majlis röst åter började höras. "En röd bil med hög hastighet." Majlis låga och mörka röst hördes igen. Jag trodde hon också hade somnat.

"En vit och blå bil är också på väg." Jag hörde sirener i fjärran och ett högljutt motorljud for i rasande fart förbi fönstret. Gruset sprutade och slog mot fönsterrutan. Ljudet från sirenerna blev starkare och starkare och snart passerade den också fönstret i hög fart.

"Herregud!" utbrast Majlis och öppnade ögonen.

Kapitel 23

Både Majlis och jag reste oss från våra fåtöljer och sprang ut. Det verkade som att alla i byn som var hemma hade kommit ut på vägen och tittade efter de två jagande bilarna som försvann i ett dammoln. Människor diskuterade hetsigt med varandra och gestikulerade med armarna.

"Jaha", sa Majlis, "det var en kraftfull sittning! Jag har nog inte upplevt något liknande tidigare!"

"Hur mycket blev jag skyldig?" frågade jag.

"Du blev skyldig mej en förklaring på detta! Jag tror du vet mer än som framkommit."

"Kanske det", svarade jag, "men först måste jag fråga Per om det där brevet. Han kommer där borta över ängen." Jag pekade ut mot stigen till ödesladan. "Men tack så länge! Jag återkommer. Jag tycker du är väldigt kraftfull."

Majlis fick lite färg på kinderna.

"Tacka inte mej. Jag är bara en kanal. Det som hänt är lika mycket din förtjänst. Du är öppen och mottaglig. Det betyder allt!"

Hon vände och gick in till sig igen. I dörröppningen hejdade hon sig, precis som om hon fått en stöt. Hon vände sig mot mig och tillade: "Kom in till mej innan du lägger dej! Det kom något som jag måste meddela dej då!"

Hon försvann in till sig. Jag undrade vad hon menade, men slog bort tanken och vände mig mot ängen igen. Jag gick fram mot Per som andfådd kom ut på vägen. Han såg inte glad ut.

"Jag var hos Adolf och vi pratade och drack!" Han lät lite sluddrig mitt i andfåddheten.

"Plötsligt startade Adolfs bil", fortsatte Per. "Vi rusade fram till fönstret och såg någon sladda iväg. Det gick så fort att hunden inte hann undan! Jävla galning! Jag trodde inte att vi hade biltjuvar här i trakten! Hunden haltade men jag tror att den klarade sig undan utan något benbrott. Adolf hade geväret med sej ut ifall hunden var riktigt skadad, men jag bad honom vänta och se hur det blir. Rex är ju en så'n fin hund och inte är han så gammal heller." Per såg bedrövad ut.

"Kom så går vi in till dej", sa jag och lade armen om honom. Han gled undan. Det blev för nära.

"Sätt dej i trädgår´n så kommer jag med lite att dricka. Jag har ju inte sett din uteplats."

"Uteplats och uteplats", mumlade Per medan han försvann bakom sitt hus. Jag gick in och hämtade ett par läsk och det kryddade brännvinet. Jag hoppades det gick att blanda grogg på det också.

När jag kom ut till Pers baksida öppnade sig en härlig trädgård. Han gillade nog att sköta om växter. Esters hus skymdes av en hög och tät häck som nu blommade med många vita klasar. En sötaktig doft spred sig från blommorna. Per satt på en gammaldags trädgårdsstol som hade målats om i flera omgångar. Hans terrass utgjordes av gamla rödbruna tegelstenar som lagts i ett fiskbensmönster. Det såg riktigt trevligt ut. Mitt i trädgården, på en lite fot, stod ett gammalt solur. Metallen hade blivit grön, eller så var den grönmålad. De krökta banden formade en cirkel på två håll. Det blev som en stiliserad jordglob. Rakt igenom gick en pil som stack upp mot himlen. Den skulle med sin kastade skugga visa den rådande soltiden. Runt omkring bildade en rabatt med rosor en dekorativ ring. Per hade verkligen visat sin talang för trädgårdskonst.

Jag slog mig ner på den kvarvarande fria stolen på terrassen och ställde flaskorna på det ommålade bordet som gick i samma stil som de gamla stolarna.

"Oj vad du har bunkrat upp!" Per sken upp lite efter sin tidigare dysterhet.

"Vi kanske ska ha glas också", sa jag. "Jag vet inte om brännvinet och läsken passar tillsammans."

"Det ordnar sej nog", sa Per. "Om du vill kan du hämta två glas i köket. Någon is har jag inte men det går kanske bra ändå?"

Jag nickade och reste mig upp. Tog långa steg runt huset och in i köket. Jag prövade några köksskåp och fann till slut ett par rediga, rena glas. På väg ut fastnade min blick på vedlåren vid spisen. Där stack en gammal plastpåse upp. En gammal nästan ogenomskinlig påse som jag tyckte mig känna igen.

Påsen var tom. Jag hoppades att innehållet inte hade hamnat i elden.

Väl ute på terrassen igen hällde jag upp de olika dryckerna. Per väntade inte utan drack så fort jag var klar med hans glas.

"Åh så gott och svalkande!" Han smackade med läpparna precis som om han kommit från en veckas vistelse i öknen.

"Det var roligt att det smakade", sa jag. "Häll upp själv när du känner för det!"

Per var inte sen att följa uppmaningen. Vi satt och njöt av den varma luften och av solens strålar som lämnade av sin vitaminrika värme på vår hud. När Per börjat på sin tredje grogg tänkte jag att man kanske kunde komma med några frågor.

"Hur är det med dej egentligen Per? Tycker du det är skönt att du inte behöver se till Esters hus nu?"

"Du har ju bara varit här en kort tid. Så ofta var jag inte och tittade till huset." Han tog en klunk av drycken.

"När jag tog ut mopeden så hittade jag en plastpåse med ett kuvert i", sa jag. "Jag har nog tappat det. Dumt nog stoppade jag bara påsen i fickan. Har du sett något sådant på vägen eller i diket?"

Per blängde lite på mig.

"En påse? Jag vet inte. Kanske. Det är lite dimmigt just nu." Han verkade fundera.

"Jo, jag hittade nog något sådant häromdan", sa han efter en stund. "Ett gammalt kuvert, gult och fläckigt. Låg det på mopeden?"

"Nej, det var instoppat i väggen och ramlade ut", sa jag utan att gå vidare in på händelseförloppet. "Såg du vad det handlade om?"

"Jag försökte läsa det för jag visste ju inte var det kom ifrån. Det var svårt. Gammal skrivstil och fläckigt. Få se!" han kliade sig i håret, "Jag kunde läsa: '..*såsom jag tidigare hade varit.*' och '*det var inte min mening..*' " Per tystnade och försökte tänka efter. "Nej, jag kommer inte ihåg mer. Det fans ingen underskrift. Det verkade vara någon som ville be om förlåtelse för något vederbörande hade gjort eller inte gjort, jag vet inte." Per tog en ny klunk ur galset. Det var snart dags att fylla på igen.

"Har du kvar brevet?" undrade jag.

"Kanske, jag vet inte. Jag får se om jag kommer ihåg var jag gjorde av det."

Jag bytte ämne.

"Var det trevligt uppe hos Adolf, innan den där biltjuven kom?"

"Tja, han har ju alltid något gott att dricka även om det bara är öl ibland. Han pratar mycket och undrar hur det var i byn och hur det är nu. Om det har flyttat in några nya, eller om folk har flyttat ut. Han är nästan lika frågvis som du!" Glaset tömdes.

"Får man ta en till?"

"Ja, drick du om det smakar. Jag har fler läsk om du vill ha."

"Nej, det är bra med läsken." Per blandade till en ny grogg.

Jag fick nöja mig med den knapphändiga upplysningen om brevet. Jag tänkte att jag i framtiden får vara mer noga med vad jag hittar.

Tiden gick och Per drack.

"Nej, nu får jag nog gå in och få lite mat i magen", sa jag efter en lång stund och reste mig från stolen. Per såg nu ganska trött ut. Han behövde nog komma in och vila sig. Han reste sig också upp från sin stol och stod och vaggade.

"Ska jag hjälpa dej in?" undrade jag.

"Nej, det går nog", sa Per, tog ett steg och hasade ner på gräsmattan. Jag tog honom under armen och ställde honom upp. Vi gick mot hans dörr under lama protester från Pers sida, men jag tror att han egentligen var tacksam. Han hade nog alltid haft svårt för att ta emot hjälp.

Jag följde honom ända till hans säng och lade sakta ner honom. Sina trätofflor hade han redan sparkat av innanför dörren. Per slöt ögonen. Jag hoppades att han inte skulle må illa. För säkerhets skull vred jag honom på ena sidan. Han andades redan djupt och jag skulle precis gå därifrån, när jag såg ett hopknycklat papper på hans nattduksbord. Nyfiket snappade jag upp det. Det var ett fläckigt gulnat papper. Jag anade vilket papper det var och stoppade det i fickan. Jag ansåg att det var mitt. Per kom nog inte ihåg så mycket.

Det varma solskenet brände på min kind när jag gick tillbaka till Pers terrass och samlade ihop flaskor och burkar. Glasen fick stå kvar till senare. Jag behövde gå in och få något matnyttigt i magen. Min enda grogg skvalpade omkring och ville ha sällskap.

Jag öppnade en burk med soldatens ärtsoppa när jag kommit in. Jag brydde mig inte om att tunna ut den med vatten. Den blev mer mustig då. Ett glas vatten fick komplettera middagen.

Efter maten satte jag på kaffe i min nyinköpta bryggare. Skönt att den klarade sig själv. Jag satte mig vid köksbordet igen med en mugg rykande kaffe. Jag tog fram pappret ur fickan. Per hade haft rätt. Det var inte lätt att läsa texten. Ibland försvann den i en mögelfläck. Jag försökte ändå:

..bästa. Detta är ......kanske inte såsom jag tidigare hade varit... Kära vän,....det var inte min mening.....var nog Guds vilja. Pojken......bäst som det blev. Är det...

..kanske i himlen..

Vänl.... G...

Det var inte det lättaste att läsa. Kanske fick man fram mer om man använde ett ljusbord? Jag fick fundera. Som jag kunde läsa nu så hittade jag ingen mening med brevet. Jag kom på att Majlis ville mig något, så jag gick ut och bort till hennes hus.

"Det var bra att du kom!" sa Majlis när hon öppnade dörren för mig. "Det hoppade upp något i mitt huvud när jag precis skulle gå in. Det kände som en svart skugga, och jag fick svårt att andas. Ditt ansikte skymtade fram så jag förstod att det gällde dej." Majlis lät riktigt orolig.

Jag kände mig inte riktigt bekväm med vad hon berättade, även om jag hade svårt att ta in det. Jag var kanske mer öppen än jag förstod. Majlis påstod ju att jag var en människa som kunde ta in vibrationer från omgivningen. Jag ville kalla det för intuition. Majlis ord hade skrämt bort den måttliga alkoholpåverkan jag hade i kroppen och nu kände jag mig hur nykter som helst.

"Jag vill inte skrämma dej", sa Majlis när hon såg min reaktion, "men jag skulle aldrig förlåta mej själv om det hände något och jag inte hade berättat! Min man hade kanske inte blivit påkörd och omkommit om jag berättat allt jag hade känt, men han ville ju aldrig tro på mej!" Hon snyftade till.

"Men jag tror på dej!" sa jag. "Frågan är bara hur jag ska bete mej nu?"

"Jag vet inte själv", sa Majlis, "men för säkerhets skull kanske du ska sova över här."

"Ja tack ska du ha, det kanske är bäst", sa jag. "Jag ska bara hämta lite kläder och min tandborste. Jag måste ringa ett samtal också. Vi ses snart!"

Jag gick tillbaka till mitt hus och samlade ihop vad jag behövde. En tanke som malde i huvudet hade pockat på att jag skulle ringa Rolando Kvist. Jag ringde honom trots att det var sent på dagen. Han svarade direkt.

"Oj vilken jakt det blev!" sa han. "Det var konstigt att den gamla bilen hade så mycket krut i sej! Tyvärr så var den efterföljande poliskonstapeln inte lika duktig på att köra på grusvägar. Han sladdade av i en sväng och Opeln försvann. Men vi kommer snart att ta honom."

Jag tackade för upplysningen och berättade vad Majlis känt. Tanken jag hade fick mig att försöka övertyga Rolando om sannolikheten om det som jag hade kommit fram till.

"Vi får se vad vi kan göra", sa han lite kryptiskt och knäppte av mobilen.

Kapitel 24

Majlis hade plockat fram en hembakad sockerkaka som hon hade haft i frysen. Den stod och tinade i mikrovågsugnen när jag kom tillbaka.

"Ja, jag vet att det finns de som ogillar mikrougnar", sa hon lite skuldmedvetet, när jag såg mot kakan, "men jag är praktisk och tror på att myndigheterna skulle varna om det var farligt. Tänk bara på alla varningar om mobiltelefonen! Jag har inte hört att någon kommit till skada! Man pratar om årtionden framåt. Då vet vi ju inte om något skadar oss idag? Amerikanarna har haft sina mikrovågsugnar ganska länge, eller hur?"

Jag nickade åt henne. "Skönt att du inte är så extremt skeptisk. Vi får nog försöka använda vårt sunda förnuft. - Och intuition!" lade jag till. Hon log.

Kvällen blev riktigt trevlig med kaffe och jättegod sockerkaka i generösa bitar. Det blev TV-tittande en stund, men vi stängde snart av. Det mesta handlade om alla kriser och flyktingar i världen som med alla medel försökte ta sig till det förlovade landet där man trodde att gatorna var av guld, och att maten var gratis.

Vi kände oss fullmatade med hemska historier om människans ondska.

"Hur hamnade du här?" frågade jag för att skingra den mörka påverkan från TV:n.

"Det är väl något som många går igenom idag", sa Majlis. "Vi har funnit vägen till vår självkänsla och bejakar vår rätt till ett eget liv och vår kärlek till oss själva. Det är inte alltid som de val vi gjort tidigare i livet visar sig vara de rätta och vi har fått medel och mod att ändra på det." Hon satte sig tillrätta i soffan och fortsatte.

"Jag älskade min man. Vi var mycket lyckliga en tid. Vi fick ett barn. Då blev livet förändrat. Det fanns en ny liten människa som vi måste ta hänsyn till och ta hand om. Vid sådana förändringar kan nya sidor hos människan visa sej. Jag kände att min man såg på mej med nya ögon. Av någon anledning så verkade han mindre intresserad nu." Majlis såg plötsligt ledsen ut.

"Jag kände mej nästan förbrukad", sa hon, "och det blev längre och längre mellan kärleksstunderna. Jag längtade tillbaka till den innerlighet vi haft tidigare. Jag vet inte vad som hände med honom. Han ville aldrig tala om det. Till slut så klarade jag det inte längre, utan vi skiljdes. Han bejakade aldrig heller min kontakt med andra sidan." Hon tittade upp på mig.

"När vi delade på oss och jag hittade det här huset, hade vår dotter redan flyttat hemifrån. Jag hade fått en obehaglig känsla och bad honom vara försiktig. Han skattade nästan ut mej. Nästa dag blev han påkörd och dödad av en rattfyllerist." Majlis tystnade. Hon verkade lättad över att ha berättat detta för någon.

"Men din dotter har väl förstått din andliga kontakt?" undrade jag.

"Hon skattade åt det precis som sin pappa. När hennes pappa dog så skyllde hon allt på mej. Jag hade framkallat en olycka över honom tyckte hon. Vi har en väldigt sporadisk kontakt nu." Majlis såg ner på sina händer. En tryckande tystnad fyllde rummet. Att jag inte kunde lära mig att hålla truten!

"Nej nu ska vi inte sitta här och sura!" utropade Majlis. "Det går ingen nöd på mej! Nu kan jag göra vad jag vill." Hon tog fram en karaff och två konjakskupor.

"Får det vara lite konjak efter kaffet?"

"Tack gärna!" sa jag.

Majlis hällde upp till oss båda. "Skål!" Hon lyfte glaset och jag följde efter.

"Skål och tack!" sa jag och smuttade på konjaken. Den var riktigt rund och god.

"En härlig konjak!" utbrast jag. "Det var längesedan jag drack en så mjuk sak."

"Det blir inte ofta jag tar fram den, men nu tyckte jag det passade. Men hur har du hamnat här i byn?"

"Du har väl hört hur det blev när jag fick hyra Esters hus? Jag tror vi pratade om det sist?"

"Javisst! Men varför kom du hit över huvud taget?"

"Jag nämnde Inger för dej, hon som försvann samtidigt som tsunamin. Jag vet inte om hon lever eller är död."

Jag berättade om att vi hade ett ganska tätt förhållande som jag hoppades mycket på, men så kom den där resan till Thailand och tsunamin och det blev tyst efter henne.

"Jag har nog otur med kvinnor", suckade jag. "Jag ser ut som om jag inte är torr bakom öronen. Jag får till och med visa leg på Systemet!"

Majlis försökte dölja ett litet skratt bakom sina händer.

"Och nu det här med Maria! Jag vet inte om hon kommer att klara det!" sa jag.

Majlis nickade. Allt som hände spred sig nog fort i den här lilla byn.

"Jag kom egentligen hit för att jag länge tänkt göra något projekt en sommar. Kanske skriva en bok. Men hittills har det hänt så mycket att jag knappt har börjat titta på det något vidare. Jag har bara hunnit skriva några stolpar och minnesanteckningar."

"Men du har ju varit här en så kort tid så det hinner du nog", sa Majlis tröstande.

"Ja det är inte klokt! Det känns som jag varit här jättelänge men så är det ju inte! Jag har blivit så väl mottagen av de flesta så jag känner mej redan hemma här."

Jag tänkte på min tur med Ester och huset och allt.

"Vet du något om biljakten genom byn tidigare?" Majlis lade huvudet på sned och tittade på mig.

"Per hade varit uppe hos Adolf och festat", berättade jag. "Dom överraskades av att Adolfs bil körde iväg med väldig fart. Hans hund kom visst i vägen för bilen."

"Ojdå, så hemskt!"

"Per sa att den nog klarade sig, men biltjuven körde snabbt iväg. Samtidigt kom en polisbil från andra sidan och tog upp jakten. Det var nog ren otur för biltjuven att den råkade komma då." Jag ville inte nämna att jag tipsat Rolando Kvist om Marias förra fästman.

"Ja det måste det vara! Jag tror inte jag någonsin har sett en polisbil passera byn, men å andra sidan har jag inte bott här så länge."

"Hur länge har du bott här?" undrade jag.

"Ja, låt mej tänka efter." Majlis räknade i huvudet.

"Två år till hösten tror jag, och det är ju inte så länge eller hur? Men vad ska din bok handla om? Vad har du för arbete när du inte är ledig?" Majlis frågor kom efter varandra.

"Jag är en så kallad konsult. Inom byggbranschen. Det går många historier om konsulter. Vissa ser oss som lite suspekta, men jag tror att de vi jobbar med har god nytta av oss. Boken, eller vad det ska bli, ska vara en typ spänningsroman. Det låter mycket finare än deckare. Det har jag hört experterna", jag vinkade citationstecken med båda händernas pek- och långfingrar uppsträckta, "säga i sina mjuka fåtöljer i TV-studion."

"Det låter spännande! Vad ska den heta? 'Döden kommer' av Sven Tropp?"

"Nej jag ska skriva under synonym. Annars får jag bara massa tiggarbrev."

"Jaså du ska tjäna så mycket pengar! Du får berätta vad du väljer för namn, så jag kan köpa boken och kanske skicka ett tiggarbrev jag också?" Hon höjde ögonbrynen och skrattade till.

"Kanske det. Men den får bli färdig först. Jag har knappt börjat!"

Vi pratade om det ena och det andra en stund till. Det hade blivit riktigt mörkt så vi tittade på klockan.

"Nu får jag nog bädda till dej i soffan så vi kan få några timmars sömn innan solen går opp!"

Majlis hämtade rena lakan och en kudde. Det blev en härlig sovplats i soffan. Efter tandborstning och avklädning så somnade jag på ett ögonblick efter att ropat tack och godnatt in till Majlis sovrum och hört henne svara.

Jag vaknade av två smällar. Åska igen? Majlis kom utspringande från sitt sovrum, inlindad i sin morgonrock.

"Vad händer!"

"Kanske åskan?" försökte jag.

"Nej den låter inte så!"

Plötsligt körde flera bilar förbi huset. De stannade, bildörrar smällde, och upphetsade röster hördes. Vi öppnade dörren och gick ut. Flera andra grannar hade också gått ut på vägen. Bilarna stod borta vid Esters hus. Jag sprang bort dit, följd av Majlis.

Rolando Kvist kom ut ur huset med en rödhårig man framför sig som var försedd med handfängsel bakom ryggen. Mannen bligade fientligt och förvånat på mig, men sa ingenting. Jag tyckte han luktade fotogen.

"Nu hade du tur som inte var hemma!" sa Rolando och blinkade mot mig. *Min tanke hade burit frukt*, tänkte jag. Rolando hade på något sätt haft huset under bevakning.

"Tur att vi kom så fort annars hade huset kanske brunnit upp, men nu hann han bara skvätta lite fotogen innan vi tog honom. Du får laga kulhålen i täcket och lakanen, och samla ihop fjädrarna från kudden du gömt under. Torsten hade nog velat att du hade legat där. Jag vet inte varför han önskar livet av dej, men det kanske han berättar på stationen."

Jaså detta var Torsten, Marias före detta. Nu såg jag honom ordentligt för första gången. Den röda kalufsen som jag anade i motljuset vid Marias Saab. Då hade han både klippt av bromsrören och nästan tömt framhjulet på luft. I övrigt såg han väl ut som vem som helst idag med hoodtröja och jeans som var nedhasade och hängde med skrevet nästan mellan knäna så man skulle kunna se att man hade riktiga märkeskalsonger. Det gäller att vara lika de övriga fåren i hjorden.

Torsten tittade hånflinande efter mig när en polis föste in honom i polisbilen.

"Det kommer nog fler tillfällen!" väste han innan han försvann in i bilens mörker.

Jag gick in i huset och öppnade alla fönster för att vädra ut stanken från fotogenen. Mattan lade jag ut i trädgården.

"Nu är jag skyldig dej mitt liv!" sa jag till Majlis.

"Ta nu inte i!" skrattade hon. "Det var nog din skyddsängel som tipsade mej!"

"Du får nog fortsätta sova hos mej", fortsatte hon. "Det är nog farligt att sova därinne i fotogenångorna." Hon pekade in mot Esters hus.

"Ja tack, det vill jag gärna", sa jag och tänkte på min skyddsängel och på att det nog skulle vara skönt att slippa äta frukost ensam.

Kapitel 25

Nu skall det väl äntligen bli lugnt i byn, tänkte jag när jag sakta gled ner i soffan igen mellan Majlis sköna, svala lakan. Sömnen infann sig innan jag hann tänka mer.

Jag hörde en klocka klinga med en spröd ton. Jag var på väg till den lilla vita kyrkan mitt i byn. Min blivande brud gick bredvid mig. Hon hade en tät slöja över huvudet så jag kunde inte se hennes ansikte. När vi närmade oss kyrkan kom en vindpust och tog tag i slöjan. Jag tittade åt sidan och såg en röd kalufs och Torstens elakt grinande ansikte under slöjan. Med ett rop vaknade jag och satte mig upp.

"Nämen oj! Det var inte min mening att skrämma dej!" Majlis röst steg i skalan. Hon stod med en liten malmklocka i handen.
"Jag hade tänkt väcka dej försiktigt och så blev det så här! Det var inte meningen!" Mina näsborrar fylldes av lukten från nybakat bröd.
"Det var bara en hemsk dröm!" sa jag. "Har du bakat?" tillade jag och gned mig i ögonen.
"Godmorgon på dej också!" Nu var hon sitt vanliga jag igen. "Nej det är bara bröd från rosten. Jag brukar äta te och rostat bröd på morgonen. Upp och hoppa nu så äter vi frukost. Sedan får du låna min dusch om du är snäll!" Hon log.
Jag skickade åter en tacksam tanke till denna vänliga by och dess innevånare, trots nattens uppskakande händelser.
Efter en härlig frukost och dusch tackade jag Majlis och packade ner mina tillhörigheter.
"Vi hann ju aldrig meditera och lägga kort!" Majlis lät besviken. "Men vi kan väl göra det senare?" Hon lutade bedjande huvudet mot sidan.
"Det är klart att vi ska göra!" sa jag. "Tack så hemskt mycket för frukosten. Det var trevligt att slippa sitta själv. Jag får återgälda det någon gång, men jag vet inte om det går att sova i Esters soffa."

"Det ordnar sej nog med det!" sa Majlis och fortsatte med köksbestyren. Jag tackade och gick.

Det luktade fortfarande fotogen ur fönstren när jag kom fram till huset. Undra hur länge det skulle hålla på? Per hade redan kommit ut ur sitt hus.

"Ett sån't jävla oväsen det var i natt!" sa han och tittade anklagande på mig. "Har du haft party. Jag hörde raketer och folk som pratade, men jag orkade inte gå upp. Vad var det för rävgift du bjöd på igår? Mitt huvud exploderar snart!"

"Du fick kanske för mycket rävgift i dej", sa jag. "Har du inte några värktabletter?"

"Nej!"

"Jag ska hämta några Alvedon till dej så blir det snart bättre. Dom är bra mot rävgift. Ett ögonblick bara!"

"Har ni druckit fotogen på festen?" undrade Per när jag kom ut med tabletterna.

"Ja det smakade inget vidare! Här, ta hela asken med dej, men ta bara två åt gången. Det blir inte bättre även om du tar fler."

Per tackade och gick mumlande in till sig.

Jag tittade på klockan. Efter ett! Nu kunde jag ringa lasarettet och förhöra mig om Marias status.

Jag fick tag i en sjuksköterska som meddelade att Maria fortfarande hölls nedsövd. Jag fick kontakta läkaren om jag ville ha mer information, upplyste hon.

Det var nog ingen idé att åka och besöka henne nu. Jag fick vänta tills hon förhoppningsvis kom till medvetande. Det kändes mycket trist och osäkert.

Jag vågade inte åka in till Ester och lämna hela huset med alla fönstren öppna, så jag ringde henne och talade målande om hur nattens händelser hade förlöpt.

"Det var ju en faslig tur att du inte var hemma!" Hon gjorde en paus. Jag nämnde inget om nyckeln, men det gjorde Ester.

"Föreståndaren kom förresten till mej och lämnade tillbaka min nyckel. Jag fick en lektion i hur man handhar nycklar på Violen. Jag hoppas att du inte kom i kläm?"

"Nejdå!" sa jag utan att utveckla det mera. "Jag måste stanna hemma och vädra ut huset. Busen hade skvätt fotogen inne, men polisen var där innan han hann tända på."

"Då har du fortfarande någonstans att bo", sa Ester och verkade inte ta det så allvarligt om huset hade brunnit upp.

Jag bytte ämne.

"Jag hittade förresten en påse med ett gammalt brev i ute i skjulet. Vet du vem som skrivit det?" undrade jag.

"Stod det inte i brevet?" frågade Ester.

"Nej, det gick inte att läsa många bokstäver. Möglet hade förstört mycket, så det måste ha legat där länge."

"Kanske före min tid."

"Jag tar med mej det till dej nästa gång så kan vi se om du känner igen något."

"Ja gör det", sa Ester.

Vi sade adjö och avslutade samtalet.

Stegen till vinden stod fortfarande nerfälld. Jag måste vara kvar i huset nu när fönstren stod vidöppna, så jag klättrade upp för stegen för att utforska vinden. Jag hade sett att där stod flera gamla möbler. Min pappa hade haft som hobby att gå och titta på gamla sekretärer på loppisar och fantisera om hemliga fack där skattkartor var gömda. Jag fick följa med ibland så det hade tydligen smittat av sig.

Jag vred på strömbrytaren och det bleka ljuset lyste upp precis så man såg fötterna framför sig. Jag hade hittat en ordentlig ficklampa i skjulet som jag hade satt nya batterier i. Josef hade ett riktigt brett sortiment! Ljuset i taket där uppe räckte inte för att utforska saker och ting närmare.

Jag rörde mig sakta för att inte dammet skulle yra upp för mycket. Där stod hyllan som jag hittade handskar och hjälm i. På andra sidan gången stod klädställningen med de gamla kläderna. Där bakom skymtade jag ett skåp. En sekretär! Vad spännande! Jag blåste bort dammet. Att ta ner möbeln var inte till att tänka på.

Jag tog en av Eriks gamla skjortor från klädställningen och bad tyst om ursäkt när jag använde den för att torka bort dammet från möbeln. Nyckeln satt i låset. Locket var vackert marmorerat. Det så ut som masurbjörksfanér. Jag vred om nyckeln och öppnade locket som bildade ett skrivbord i nedfällt läge. Jag drog ut lådorna och öppnade de små dörrarna. Tomt överallt. När jag betraktade sekretären med alla små luckor öppna och alla lådor utdragna, så fanns det fortfarande vackert utsirade delar som bildade den kvarvarande fronten. Det var där som de dolda utrymmena fanns, som pappa hade sagt när vi var på skattjakt. Hur gjorde han nu? Jag tryckte och försökte på alla sätt. Jag drog ut lådorna helt och hållet och kikade in i öppningarna som bildades. Där! En lite spärr stack ut. Jag satte fingret på den och tryckte till. Den ena utsirade ytan svängde upp. Där inne fanns bara ett gammalt bläckhorn, där bläcket hade torkat för längesen.

Jag fortsatte att studera öppningarna. Där fanns också något! Efter ett tryck så öppnade hela ytan sig som en lådfront. Jag tog tag i den och drog ut. Där låg ett gulnat hopvikt papper. Jag vecklade upp det. I ficklampans sken läste jag överskriften: "Födelseattest". Jag stängde alla luckor och satte in alla lådor och stängde sekretären. Pappret tog jag med mig ner i hallen.

Jag kände mig överrumplad när Per bara stövlade in i huset.
"Åh, ursäkta! Gammal vana!" Per blev själv förvånad över att jag var i hallen.
"Jaså du har fått ner stegen till vinden! Hur gjorde du? Jag har aldrig kunnat öppna luckan." Per var tydligen också nyfiken på vad som fanns på vinden. Jag nonchalerade hans fråga.
"Vad vill du?"
"Jag ville bara tacka för dina tabletter! Dom verkade fort, så nu känner jag mej mycket bättre."
"Det var väl bra!" sa jag och stoppade ner pappret i fickan. Pers ögon följde mina rörelser.
"Hittade du något spännande?" undrade Per och såg mot fickan.

"Nej, det var bara en gammal räkning som låg på golvet och skräpade", sa jag och försökte se sanningsenlig ut.

"Jaha!" Per var inte riktigt övertygad.

"Ester har bett mej leta efter papper som hon blivit av med", sa Per och ansträngde sig för att låta övertygande, "men jag har inte hittat några. Jag visste inte hur man kom upp på vinden."

"Sa inte Ester det?" undrade jag lite syrligt. Per tittade på mig.

"Tror du mej inte?"

"Jo, jag tror du har letat, men inte att Ester har bett dej, men kanske någon annan?"

"Nu låter du som en sån där nyfiken snok som jag har hört om dej."

"Jag antar det var Adolf som sa det eller hans kompis?"

"Har han en kompis? Inte här i alla fall. Jag har i alla fall inte sett nå'n."

"Då har han väl gömt sej när du var och festade hos Adolf!"

"Jag tycker du låter aggressiv, det brukar du inte göra!" Per lät lite osäker nu när han hade blivit lite nyktrare.

"Ursäkta det var inte meningen", försökte jag släta över, "men det har hänt flera tråkiga saker på en kort tid, och jag tror det har med den där Torsten att göra, han som gömt sej hos Adolf. Jag vet i alla fall att han försökte skjuta mej! Varför skulle han det?"

"Skjuta dej!? Fråga inte mej! Jag har faktiskt inte sett honom!" Per lär överraskad.

"Jag tror dej. Du har bara blivit utnyttjad för att lämna information om vad som händer i byn", fortsatte jag. "Det är något han vill åt. Han fick nog bara Torsten om halsen mot sin vilja. En gammal kompis eller något. Torsten tog ju hans bil och körde på Rex, det är väl inte någon bra kompis."

"Jag har inte sagt något ovanligt till honom vad jag vet." svarade Per osäkert.

"Nähä, och han har inte bett dej att leta efter något i Esters hus heller?"

Per såg faktiskt skamsen ut. När han var nykter så var han kanske en hygglig människa.

"Jag tycker att du ska bryta med honom", fortsatte jag. "Du mår inte bra av att umgås med en ond människa."

"Det var kanske därför som Gustav blev sjuk!" Per kliade sig i nacken och tänkte på när hans granne fick åka in till lasarettet.

"Vad menar du?" sa jag. "Har Adolf något med det att göra?"

"Jag vet inte. Men nu när jag tänker efter så var Adolf och besökte honom på dagen, och ambulansen hämtade honom på kvällen. Men han kom till lasarettet med hjärtinfarkt. Det kan väl inte Adolf hjälpa?"

"Säg inte det du! Om man utsätts för starka händelser så kan det nog hända" , sa jag. "Har du talat med honom på lasarettet?"

"Nej. Jag har inte åkt dit. Vi har spelat schack ihop då och då, men jag känner egentligen inte honom närmare. Han kommer väl hem igen. Då får jag fråga."

Kapitel 26

Jag väntade bara att Per skulle gå, så jag kunde se vad som stod på pappret som jag hittade i sekretären. Efter att han uttryckte sin vilja och tanke om att minska kontakten med Adolf, och nämnde några allmänna ord om vädret för att runda av samtalet, gick Per hem till sig.

Jag kokade mig en kopp kaffe och satte mig vid köksbordet. Det gulnande pappret var tunt och skört, så jag vecklade upp det mycket försiktigt.

Det var en födelseattest, det hade jag förstått. Men vem gällde det? Och varför fanns det i huset?

Attesten var en förtryckt blankett med rutor att fylla i.

Där stod *Moder: Ester Persson* skrivet med sirlig handskrift, och hennes födelsedata.

Första barnet
Fader: okänd
Kön: pojke
Vikt: 3024 g
Längd: 51 cm
Födelsenummer: 325

Längst ner stod namnet på sjukhuset, datum och barnmorskans underskrift.

Hade Ester verkligen fått barn? Men hon hette ju Hagberg? Jag får ta upp det med henne när vi blivit mer bekanta, fast det kändes som om vi redan känt varandra länge.

Jag tänkte på Arne och Greta och Adolf. Hur hängde detta ihop? Och Torsten?

Vad det detta som Adolf bett Per leta efter i huset, och i så fall varför?

Jag kände att jag måste testa en teori. Jag skrev en lapp med texten: *"Här är svaret!"* Jag lade lappen i en tom kakburk som stod på en hylla i köket. Attesten lade jag i en säkerhets-påse som jag av en händelse hade tagit med mig med mitt pass

i. Den brukade jag ha under skjortan vid utlandsresor. Jag hängde den om halsen, stängde fönstren och tog på mig Eriks skinnjacka och hjälm.

Jag gick ut och låste dörren, tog fram mopeden och körde till Arne. Där parkerade jag mopeden och lade hjälmen på sadeln. Jag knackade på Arnes dörr.

"Kom in!" hördes där inifrån. Jag öppnade och gick in.

"Hej Arne! Stör jag?"

"Nej, här finns bara jag. Greta har redan varit här. Och du lever, ser jag. Jag hörde att du blev skjuten med två skott!"

"Jaså det hördes ända hit?"

"Du förstår vad jag menar."

"Ja det var väl din egen nyhetskälla som berättade?"

"Vad menar du med det?"

"Jag får väl upprepa det du sa innan: 'Du förstår vad jag menar.'" Jag log.

"Vad är detta för tjafsig lek! Är du nykter?"

"Förlåt att jag skojade. Jag trodde att det skulle vara roligt!"

"Idag är det inte roligt!" sa Arne. "Jag har så jävla ont i benet! Greta skulle tala med distriktssköterskan och få något bra tips. Jag hoppas hon kommer tillbaka snart!"

"Jag ska inte stanna så länge. Hoppas hon kommer snart så du får lite lindring. Jag skulle bara berätta om ett konstigt brev som jag hittade hos Ester."

"Jaha, vad var det då?"

"Jag ska inte plåga dej med det. Vi tar det när du mår bättre. Jag lade det i en tom kakburk i köket så det inte skulle komma bort. Här kommer visst Greta tillbaka redan!" sa jag och såg ut genom fönstret. "Hej, vi ses!"

Jag gick ut fort så han inte skulle fråga mer. Jag mötte Greta i dörren och hälsade.

"Jag förstod det var någon hos Arne", sa hon och pekade på mopeden.

"Jag är bara ute och kör en sväng", sa jag. " Hejdå!"

Jag tog på mig hjälmen och startade mopeden, medan Greta stod och såg efter mig i dörröppningen.

Mopeden spann jämnt, och jag passade på att fylla upp tanken på en mack, innan jag parkerade och låste den på torget i Malmbäck. Jag gick med snabba steg mot Violen. Jag hejdade mig. Om jag skulle tala med Ester om jobbiga saker, så fick jag nog ha med mig lite smaskiga bakelser. Jag svängde in på konditoriet. Någon hade köpt upp alla Budapestbakelserna, så jag handlade en liten gräddtårta med hallon på.

Jag ringde på klockan till Violen, och Ulla kom och öppnade.

"Välkommen!" sa hon. "Ester kommer nog att bli glad!" sa hon och tittade menande på min kartong.

"Jag hoppas det", sa jag och tänkte på något annat.

Ester ropade "Kom in!" när jag knackade på dörren.

"Är det du? Jag trodde du skulle ringa innan du kom hit!"

"Åh förlåt! Det tänkte jag inte på! Du kanske väntar på någon annan?"

"Det är bara du och personalen som kommer och hälsar på", smålog Ester, "men det har faktiskt varit någon här tidigare, innan du kom till byn, och det var inte roligt!" Ester fick en rynka mellan ögonen. "Men efter man bytte låset så har jag inte fått andra påhälsningar än dom som jag själv vill ha."

"Det låter bra!" sa jag. "Jag hoppades slippa detsamma, men i ditt hus så hoppar dom in genom fönstren också."

"Vad det där han kom in? Det var ju en faslig tur att du inte var hemma. Är Majlis trevlig?"

"Ja du har ju inte träffat henne. Hon har i alla fall varit trevlig mot mej. Hon räddade mitt liv, kan man säga."

"Nej, men så´n tur! Jag tror att hon flyttade in lite efter att jag kommit hit." Ester funderade. "Men ta av dej och sätt dej här! Vad har du i kartongen? Jag får snart börja tänka på min vikt", sa Ester när hon såg vad jag hade köpt.

"Det finns nog mer kaffe i termosen. Du kan servera dej själv och hälla upp lite till mej."

Snart satt vi vid bordet och mumsade på var sin stor tårtbit. Mmm. Smaskens!

Jag ville inte skvätta vispgrädde över Ester, så jag sa ingenting förrän jag svalt biten och torkat mig om munnen.

"Jag hittade ett papper i den gamla sekretären på vinden", sa jag utan omsvep.

"Hrrff!" hördes det från Ester.

Jag tänkte inte på att Ester fortfarande hade tårta i munnen. Hon satte i halsen, hostade och frustade. Små smulor och grädde fläckade ner duken framför henne. Hon tog en klunk kaffe för att rensa strupen och tittade argt på mig.

"Gör inte så där!" nästan röt hon mot mig och hennes ansikte blev rött. Jag var rädd att hon skulle få ett anfall.

"Ska jag ringa på klockan?" undrade jag. Hon viftade avvisande med handen.

"Det var verkligen inte min mening att ställa till det så här." Jag tog fram min allra mest underdåniga röst. "Jag visste inte att du skulle bli så påverkad."

Ester lugnade sig och nästan skämdes.

"Nej det kunde du ju inte veta", sa hon, "och jag kan ju inte heller veta vad för papper du hittat, men eftersom jag letat efter ett speciellt papper och inte hittat det, så anar jag vad det är. Jag ska vara helt uppriktig mot dej. Nu känner jag dej och vet att du är att lita på."

"Jag sa till Arne att jag lagt det i en kakburk i köket", sa jag. "Greta kom när jag körde därifrån."

"Är det ett skämt eller?" Esters röst steg några toner.

"Nej, det är en fälla! I kakburken ligger ett papper med texten: 'Här är svaret!' det får upphittaren något att tänka på!"

"Var har du pappret då?"

Jag fiskade upp min påse som jag hade runt halsen och tog fram pappret. Jag räckte över det till Ester. Hon vecklade upp det och läste. Hon bleknade och en tår trillade ner längs kinden.

Ester blev tyst en lång stund och försjönk i tankar. Jag sa ingenting.

"Jag hette Persson efter att vi gift oss, Erik och jag", började hon. "Det är skönt att få berätta det för någon jag litar på. Det har varit en stor tung sten i mitt hjärta under nästan hela mitt liv. När Erik och jag gifte oss så fick vi köpa stugan av Eriks arbetsgivare.

Du har ju varit där och köpt ägg av sonen." Ester harklade sig.

"Vi fick helt enkelt låna pengar av honom själv till köpesumman och betala av när vi kunde. Min far var fabrikör och ville att jag skulle fortsätta i hans firma. Jag var enda barnet. Far tyckte aldrig om Erik. Han tyckte att jag var värd något bättre, men om han hade lärt känna Erik så hade han förstått varför jag älskade honom så mycket!" Ett leende spred sig i hennes ansikte vid tanken på Erik.

"Det var den finaste människa jag har träffat och vi var verkligen lyckliga. Men säg den lycka som varar. Det härjade en farsot över landet på den tiden: TBC! Och den fick naturligtvis Erik. Han fick åka till ett sanatorium någonstans uppåt landet. Jag fick arbeta på gården i hans ställe så gott det nu gick." Ester tog en mun kaffe och fortsatte.

"En sommar hade bonden tagit in en ung man som hjälp under skördetiden. Han var i min ålder. Han hette Gustav. Vi blev goda vänner. Han kramade om mej då och då. Det var skönt att få en kram och jag tänkte på Erik där borta på sanatoriet. Sista dagen han arbetade på gården så kramade han om mej som vanligt men släppte inte taget. Vi föll ner i det mjuka gräset."

Ester blev tyst och röda rosor spred sig på hennes kinder.

"Jag känner skam än i dag! Det var som om jag både ville och inte ville!" Hon vred sina händer. Jag tyckte det var starkt av henne att berätta detta för mig.

"Han åkte iväg och jag såg honom aldrig mera. Efter ett tag förstod jag att jag var med barn. Jag hade en moster som var ensamstående, och bodde borta i storsta'n. Henne åkte jag till när det började synas. Hon lovade att inte berätta för mina föräldrar. Jag tog tjänstledigt, som det hette, och sa att jag behövde hjälpa min sjuka mor några månader men lovade att komma tillbaka igen. Efter ett par månader åkte jag in på lasarettet och födde en pojke." Hon viftade med pappret.

"Kunde du inte få abort?" undrade jag.

"Jag tänkte på det men det fanns inte den möjligheten på den tiden och jag ville inte låta någon kvacksalvare skada mej. Nej, det blev födsel, och det sociala tog hand om barnet. Det blev bortadopterat. Jag hade inte möjlighet att själv försörja det, och jag ville inte heller. Vad skulle Erik säga?"

Ester fortsatte på tårtan, och jag slog upp lite kaffe till henne och tog lite själv. Hon åt och drack under tystnad. När hon svalt sista biten och sköljt ner med kaffe, sa hon.

"Jag fick faktiskt ett brev från Gustav, där han bad om ursäkt. Jag vet inte var det blev av."

Jag kände efter i fickan och tog upp det hopskrynklade pappret.

"Det kanske är det här?" Jag slätade ut pappret och lämnade det till henne.

"Det var svårt att läsa men jag kunde se ett G." sa jag.

Ester tittade på pappret.

"Var hittade du det?"

"Det ramlade ut bakom en bräda i skjulet när jag skulle sätta upp en torklina."

"Ja, det är det brevet. Jag gömde det för Erik i trädgården och glömde av det. Jag hade inte behövt gömma det, för Erik kom aldrig hem igen. Han dog där uppe på sanatoriet."

"Jag åkte upp till begravningen." Ester fortsatte med sin berättelse. "Sedan blev min far sjuk och sålde sitt företag. Han dog strax efteråt. Jag fick ett arv efter honom så jag kunde lösa ut huset."

Ester verkade tänka på sina föräldrar.

"Min mor dog efter ett år, och jag fick resten av arvet. Jag har aldrig fått för mej att göra något roligt för dem så de har bara stått där på banken. Jag arbetade på posten här i stan fram till att man började avveckla företaget. Jag fick ett avgångsvederlag och med det har jag klarat mig bra hittills."

Hon gjorde en paus.

"Så nu vet du allt om mej!" Hon nickade mot mig.

"Men du sa att du blev hotad, och kände dej orolig i huset. Vem var det?"

"Jag vet faktiskt inte, men du har ju också upplevt hemska saker där. Huset är kanske förhäxat? Tänk bara på Erik!" Ester höjde på ögonbrynen.

"Att Torsten överföll mej var nog bara ett sjukt sätt att behandla sin svartsjuka på", sa jag. "Han trodde väl att Maria och jag hade ett förhållande."

"Har ni inte det då?"

"Jag menar ett mer intimt förhållande. Det hade kanske kunnat bli det om hon inte hade krockat."

"Ja där ser du! Han kände vibbarna och såg skimret!" Ester småskrattade retfullt.

"Nu har jag i alla fall lagt ut en fälla. Jag tror att informationen jag lämnat Arne går vidare till Greta. Dom pratar ju om allting och det är inte mycket nytt som händer. Greta har någon form av kontakt eller känner Adolf på något sätt, så han får reda på allt som händer. Men varför bryr han sej om det?"

En tanke slog mig. "Vet du vart din pojke tog vägen eller vad han blev döpt till?"

Ester skakade på huvudet.

"Det skulle kunna vara en förklaring! Vad jag förstår så har du inga arvingar?"

Ester skakade åter på huvudet.

"Du och jag har kanske träffats oftare än vissa tycker om. Det var kanske inte Maria som Torsten tänkte på! Det var kanske arvet! Han avvek från anstalten för att verkligen begrava sin riktiga mor, så kom jag i vägen!"

"Tror du att han skulle kunna vara min son?" frågade Ester förfärad. "Nu är han i alla fall fängslad!" pustade hon ut.

Kapitel 27

När jag körde hem från Ester satt jag och tänkte på det hon berättat för mig. Hoppsan! En hare sprang över vägen framför mig och jag höll på att tappa balansen. Jag fick inte förlora mig i funderingar utan måste koncentrera mig på körningen. Men tankarna gnagde ändå. Jag skulle försöka få lite mer information från Per när jag kom hem. Spänningsromanen började ta form i mitt huvud.

Jag stannade mopeden och ledde in den i trädgården. Jag tog av rock och hjälm och lade dem över mopeden. Sedan gick jag till Pers hus och knackade på.

"Ja!" hördes inifrån huset. Per verkade inte vara på humör. Hade han varit och festat hos Adolf nu igen? Jag öppnade dörren och steg in. Per satt inte vid köksbordet som vanligt, utan han låg i soffan i rummet. Han jämrade sig.

"Hur är det fatt?" undrade jag. "Mår du inte bra?"

Per tog sig för magen.

"Det svider så hemskt i magen! Jag kanske har slarvat med maten, jag vet inte!"

"Har du legat så här hela dagen?" Jag kände en viss oro.

"Nej, i morse var allt bra. Jag tänkte på vad du hade sagt och förstod att Adolf bara utnyttjade mej. Jag gick upp till honom. Han blev lite spak när jag talade om vad jag tyckte, men ville ändå bjuda på något. Jag sa att nu var det bra och att vi inte skulle ses mera. Om han inte tog det lugnt så visste jag nog en del om honom som han inte ville komma ut. Han stod frågande och undrade vad jag menade, precis som han inte visste!"

Per satte sig upp i soffan. "Vill du hämta spannen i badrummet till mej! Jag tror jag måste spy!"

Jag gick snabbt och hämtade spannen. Per verkade ha lugnat sig lite. Jag ställde spannen bredvid soffan.

"Jag sa att jag hade sett honom besöka min granne Gustav Gustavsson strax före det att Gustav fick en hjärtattack. Han bleknade lite tyckte jag." Per sjönk tillbaka i soffan.

"Ska jag ringa efter ambulansen?" frågade jag.

"Nej, nej. Det går nog snart över."

"Drack du något hos Adolf?"

"Han blev len i truten och ville bjuda på en försoningsdrink. Jag drack och skålade med honom och se'n gick jag hem."

"Det var inte bra att du hotade honom", sa jag. "Han kanske blandade till något i drinken. Man vet inte vad du fått i dej. Ska jag inte ringa efter ambulans i alla fall?"

"Nej, jag vill inte ha nå'n uppståndelse!" Per vred sig i soffan.

"Jag ringer efter distriktssköterskan i alla fall! Du får tycka vad du vill men jag ser att du har ont."

Jag fick tag i expeditionen på vårdcentralen. De hade mycket att göra och kunde inte skicka någon förrän senare.

"Ska jag stanna hos dej så länge?" undrade jag.

"Nej gå du. Jag ska försöka vila mej lite." Per gjorde tecken som tydde på att han ville bli av med mig.

Jag lämnade honom motvilligt och gick ut och ställde in min moped i skjulet. När jag kom in så luktade det fortfarande lite illa. Jag gick runt och öppnade fönstren. Konstigt! Det ena fönstret var redan öppet. Jag hade nog glömt att stänga det innan jag åkte iväg. Nåja, ingen fara skedd!

När jag kom ut i köket så såg jag att burken inte stod på hyllan längre. Den låg söndertrampad på golvet. Locket hade kastats iväg. En bild av blint raseri! Djungeltelegrafen hade varit snabb idag. Var jag så länge hos Ester? Nu när jag var ledig så var det svårt att hålla ordning på tiden. Jag undrade vad för relation Greta och Adolf hade. Kanske kunde Rolando Kvist undersöka det?

Jag ringde upp honom med detsamma. Nu visste jag att Esters pojke hade tagits omhand av det sociala, men blev han adopterad eller placerats i någon fosterfamilj? Ester trodde att han blev bortadopterad, men visste hon säkert? Rolando skulle se vad han kunde hitta. Jag berättade även om Per och magsmärtor efter besök hos Adolf.

"Men jag har bett att distriktssköterskan ska komma och se till honom", sa jag. "Hon ska komma i kväll."

"Var försiktig bara", manade Rolando. "Den där Adolf verkar inte vara helt ofarlig."

Jag berättade inte om pappret och burken.

"Är det något så ring mej meddetsamma!" fortsatte Rolando Kvist. "Om det är viktigt och jag inte svarar så SMS:a 'Kod3', så piper min mobil till utav bara helvete!"

Rolando skrattade. Jag förstod inte vad som var så roligt. Vi avslutade samtalet.

Jag känd mig lite olustig. Jag tänkte på Majlis och undrade om hon var hemma. Jag tog på mig en jacka och gick bort till henne.

"Nämen hej Sven!" Hon var lika glad som vanligt och visade mig in.

"Är du bekymrad för något?" hon tittade deltagande på mig.

"Ja, jag är orolig för Per. Han mår inte bra, men jag har bett distriktssköterskan komma. Hoppas det ordnar sej."

"Det gör det nog. Hon är duktig. Hon fixade en tå på mej en gång. Jag kunde inte gå så hon fick komma hem till mej."

"Men kom nu hit och sätt dej!" Majlis drog fram en stol.

"Lite meditation kan nog få dej en aning lugnare." Hon satte på en liten radio med cd-spelare. Lugn och mjuk musik spred sig i rummet.

"Slut nu ögonen och sitt bekvämt tillbakalutad i stolen. Tänk dej en vacker trädgård med blommande äppelträd. Du sitter mitt ibland dom." Hennes röst var låg och mässande. Jag kände hur jag långsamt försvann. Somnade eller kom i dvala, jag vet inte vilket, men avslappnande var det. Majlis fortsatte att säga något, men det försvann i ett töcken.

Jag vaknade till över att jag behövde gå på toaletten. Jag hörde Majlis röst.

"Nu kan du sakta komma tillbaka här och nu. Öppna försiktigt ögonen och känn hur blodet strömmar i armar och ben."

Jag ställde mig vimmelkantig upp.

"Det gick ju riktigt bra! Du var borta i en hel timme! Distriktssköterskan körde förbi för en stund sedan, så det ordnar sej nog med Per."

"Det var snabbt! Hon skulle inte komma förrän senare", sa jag.

"Hon fick väl något återbud, kan jag tänka", sa Majlis. "Kom nu så tar vi nå't att dricka!"

"Jag måste gå på toaletten först", sa jag och hoppades att Per fått någonting så att han kände sig bättre.

Majlis hade plockat fram två glas och en stor tillbringare när jag kom tillbaka från toaletten.

"Här ska du få smaka på en god saft, om du inte gjort det förut. Jag har gjort den själv, fläderblomssaft!" Hon hällde upp rikligt i båda glasen. Isbitar klingade i bringaren. Jag läppjade på drycken. Det var precis vad jag behövde. Min strupe kändes helt torr och den söta saften rann ner i strupen med ett välbehag.

"Ah, det var verkligen gott!"

"Inte sant! Jag brukar göra några liter varje år." Hon reste sig." Nu tycker jag att vi lägger lite kort, för att se vad som plågar dej!"

Majlis tog fram en annan kortlek än den jag sett tidigare. Hon bredde ut korten i en halvcirkel framför sig på bordet med en elegant gest. Baksidorna var vända uppåt. Det märktes att hon gjort det här tidigare.

"Är detta Tarot?" undrade jag.

"Ja, detta är en Tarotkortlek. Ta nu ett kort med din vänstra hand medan du tänker på ditt problem."

Jag lät handen sväva över korten. Kunde man känna något? Jag tänkte på Adolf och hans vänner; hur mycket oro och bekymmer de spred omkring sig. Det darrade till i handen och jag sänkte ner den och tog det kort som mitt pekfinger hamnade på.

"Ta fram och vänd på kortet!" uppmanade Majlis.

En hemsk gestalt med horn i pannan uppenbarade sig.

"Djävulen!" sa hon. "Då tänkte du inte på något trevligt! Kanske en obehaglig person? Ta nu två kort och lägg på var sin sida om Hornper!"

Jag tänkte på Per. En bil passerade ute på vägen.

"Vem var det?" undrade jag.

"Det såg ut som distriktssköterskans bil! Vad konstigt, hon har ju redan varit här. Hon kanske skulle hämta något till Per?"

"Jag måste se", sa jag och reste mig. Majlis följde med ut. Vi skyndade bort till Pers hus och gick in. Per låg fortfarande i soffan. Nu var han gul i ansiktet.

"Varför kommer du tillbaka?" frågade jag.

Distriktssköterskan vände sig om mot mig.

"Tillbaka? Jag har inte varit här förut! Vem är du?" Hon lät indignerad. Jag undrade vem Majlis hade sett tidigare.

"Jag heter Sven och är Pers granne."

"Mannen är inte kontaktbar!" sa sköterskan. "Jag ringer efter en ambulans!" Hon tog upp sin telefon och ringde snabbt. Jag hörde att hon beordrade dem att komma snabbt. Per var illa däran!

"Vem var det som hade ringt efter mej?" frågade hon när hon stängde sin mobil.

"Det var jag", sa jag. "Han verkade mycket bättre då. Han klagade över magsmärtor, men ville inte ha nå'n ambulans. Jag tror han hade fått något olämpligt i sej."

"Vet du om han tar någon medicin?" sköterskan hade tagit upp ett block och en penna.

"Nej det har han aldrig nämnt och jag har aldrig sett några burkar", svarade jag och vände mig mot Majlis.

"Du har bott här längre än jag. Vet du om Per gick på något?"

"Det enda jag vet han gick på är alkohol!" Majlis snörpte lite på munnen och sköterskan tittade på henne. Hon förstod.

"Det ser ut som om han fått insulinkoma", sa hon. "Det är därför jag frågar. Ibland kan man få för mycket i sig." Hon tittade på Majlis, som nickade, "Jag menar insulin, alltså!" förklarade hon så att inga missförstånd skulle ske.

Hon drog upp hans skjorta och studerade magen. Sedan kavlade hon upp hans ärmar och studerade dem.

"Ja, han har fått en injektion nyligen", sa hon och rätade på ryggen, "men jag ser inga tecken på att han skulle ta sprutor, men nu har han fått en i armen! Mycket ovanligt!"

Jag tänkte på den personen som kom till honom före sköterskan. Vem hade hand om medicin och sprutor och kunde byn? Tankarna som steg upp inom mig gjorde att jag rös. Jag hoppades att Rolando skulle hitta något samband.

Kapitel 28

Ambulansen kom. Per andades fortfarande. Jag hoppades att han skulle överleva. Jag tackade Majlis för idag. Jag kände inte för att fortsätta med Tarotleken. Det räckte med Djävulen som jag tyckte visade sitt grinande ansikte både här och där. Maria, vars bil blev saboterad så hon körde av vägen och in i skogen. Och med fart! Efter vad som hänt så skulle jag inte bli förvånad om någon hade jagat henne av vägen.

Det drog i ögonen. Sängen lockade. Jag kände att nu var det dags att sova. Jag borstade tänderna och skvätte lite vatten i ansiktet innan jag klädde av mig och kröp ner i sängen.

Jag hade svårt att somna. Mina tankar gick igenom vad som hänt. Var det inte nog snart med de tråkiga händelserna? Vad var orsaken? Per hade sett Adolf gå in till Gustav Gustavsson före han fick sin hjärtattack,och åkte in på lasarettet.

Jag hade blivit skjuten av en vettvilling som hade gömt sig hos Adolf, om jag inte hade sovit borta den natten. Polisen hade jagat honom i Adolfs bil.

Och nu Per som antagligen fått en slags spruta av en falsk distriktssköterska. Och hur visste hon att jag ringt efter en sådan? Det var kanske hon som svarade när jag ringde, vad vet jag?

Adolf verkade vara navet i dessa händelser, men Rolando Kvist hade inte hittat något på honom i registren, men han skulle fortsätta att forska. Till slut somnade jag och sov en orolig sömn. Drömmarna avlöste varandra. Någon har sagt att hjärnan arbetade med att lösa problem när man sov. Jag skulle nog behövt två hjärnor för alla mina problem. Jag vaknade med en skarp huvudvärk. Det var kanske inte så välbetänkt att sova i fotogenångorna trots allt.

Jag samlade ihop min frukost på en bricka och gick ut och satte mig på trappan. Jag behövde skaffa mig lite stolar och ett bord till trädgården. Jag tänkte på Per. Han var inte hemma, så jag tog brickan och gick helt fräckt och satte mig i Pers trädgård.

Jag tror inte att han skulle ha något emot det. Solen sken varmt och jag njöt av min frukost även om jag saknade gröten. En tanke slog mig. Hade någon låst Pers ytterdörr eller kunde vem som helst ta sig in? Jag lät mitt använda glas och fat stå kvar på bordet och gick runt huset. En röd bil hade stannat framför huset. Jag hade inte hört den från trädgården. När jag rundade hushörnet så startade den med en rivstart och försvann i ett dammoln. Adolf hade tydligen redan fått tillbaka sin bil, eller var det inte Adolf? Bilen såg inte lika rostig ut.

Jag kände på Pers ytterdörr. Den var olåst. Jag öppnade dörren och steg in. Allt var lämnat precis som igår. Vad skulle vederbörande här inne att göra? Det var svårt att se något som stack ut när huset var så stökigt. Per hade mått dåligt och inte brytt sig om hur här såg ut. Han hade tydligen tappat ett dricksglas som låg på golvet vid köksbordet, och inte brytt sig om att ta upp det. Jag böjde mig ner och tog tag i det och ställde det på bordet. Min blick fastnade på en liten plastcylinder som blänkte till under bordet. Jag fångade upp föremålet med en gaffel som jag stack in i röret. Det såg ut som ett skydd till en sprutspets. Var det detta som bilföraren skulle hämta? Jag lade skyddet i en av Pers plastpåsar som jag hittade i en av hans välarrangerade kökslådor. Den skulle Rolando få undersöka!

Jag gick in till mig och satte mig vid mitt köksbord och funderade. Jag skulle kanske börja skriva upp händelser i min dator? Det kunde kanske bli något till slut. Men först måste jag stänga fönstren som jag öppnat innan jag gick till Per. Det började bli utkylt i huset. Jag sprang hela tiden på den nedfällda stegen i hallen när jag gick runt i huset. Vindsutrymmet kunde jag utforska senare, så jag började fundera på hur man fick upp stegen igen. Jag hade med mig stången. Den måste jag ha för att låsa trodde jag, men när jag tryckte på låskolven så fjädrade den ut igen. Det var alltså bara till att trycka igen luckan! Jag ställde stången i skåpet där jag hade hittat den. Stegen gick att skjuta upp. Delarna gled in i varandra. Nu hade de blivit lättare att skjuta upp. Som tur var hade jag tagit med mig en pall från köket som jag ställde mig på för att kunna trycka luckan på sin plats i taket. Kolven klickade lydigt. Luckan satt fast. Jag klev ner från pallen och ställde tillbaka den i köket.

Det var inte bra att Pers dörr var olåst. Han fick kanske vara kvar på lasarettet länge. Jag gick in till Per igen. Han kanske hade sin nyckelknippa någonstans. Blicken vandrade längs köksväggarna. Jag öppnade skåpluckorna. Innanför den ena skåpluckan fann jag vad jag sökte. På en krok hängde hans nyckelknippa. Jag tog hela knippan och hittade rätt nyckel. Jag låste hans dörr och samlade ihop mina kvarglömda pinaler på hans trädgårdsbord och gick in till mig igen.

Hade Adolf verkligen redan fått tillbaka sin bil? Kontrollerade man inte fingeravtryck ock sådant? Man hade kanske inte hittat bilen ännu? En idé formades i min skalle. Kanske fanns det lite hjärnsubstans kvar i den?

I mobilen hittade jag Arnes nummer och ringde upp.

"Ja!" han lät argsint.

"Hej Arne!" Jag försökte låta glättig. "Hur är det med dej? Har Greta hittat något som hjälper?"

"Jaså är det du! Nej jag fick bara några tabletter som jag ska ta. Jag väntar på att dom ska verka!"

"Jaså! Har Greta redan åkt igen?"

"Hon åkte för ett tag sedan. Vad vill du? Jag har så djävla ont!"

"Har hon kollat om du har en propp?"

"Skojar du med mej så kan du själv få en propp!"

"Jag menar allvar", sa jag, "en blodpropp i benet. Är det rött och svullet?"

"Ja det är det. Greta skulle återkomma, men hon hade ett ärende att göra först. Jag såg hennes röda bil försvinna längs byvägen så hon kommer kanske snart igen."

Gretas röda bil, tänkte jag. Då skulle hon rensa Pers hus på spår! Rolando skulle få kolla om jag hade rätt. Till Arne sa jag:

"Jag tror du fått något med benet som behöver kontrolleras av en läkare. Jag ringer ambulansen så får dom se på dej på lasarettet. Det verkar som Greta inte har tid med dej!"

164

"Gör vad du vill. Bara jag slipper den satans värken!"

Samtalet avslutades och jag ringde efter en ambulans till Arne. I växeln undrade de säkert vad som stod på i lilla Mörkullen!

Nu tyckte jag att jag gjort mig förtjänt av lite att äta. Konstigt nog hade det gått flera timmar sedan den sköna stunden i Pers trädgård. Jag hällde en burk soppa i kastrullen och satte på en platta. Den kunde värmas medan jag gick runt och kontrollerade husets fönster.

Jag var hungrig igen, så soppan smakade gott. Jag bredde ett par smörgåsar och hällde upp ett glas öl. Sedan satte jag mig i rummet. Jag tyckte jag var värd att smaka på den fina whiskyn som jag hade köpt. Jag hällde upp ett halv glas och smuttade på det, samtidigt som jag skrev ner olika stolpar till boken i laptopen. Det flöt på bra, och jag upplevde att jag började komma igång. Tiden gick fort. Whiskyn var mjuk och god. Jag kände att jag behövde sluta ögonen en liten stund. Det hade hänt så mycket idag igen.

Jag måste ha somnat, för jag hörde ett brakande ljud, som om någon höll på att bryta upp ytterdörren. Jag tittade ut genom fönstret. Det var kolsvart ute. Jag hade nog somnat ordentligt. Mitt undermedvetna skrek i mitt öra: "Kod3, Kod3!"

Jag fick hastigt fram mobilen, letade upp Rolando Kvists nummer och SMS:ade "Kod3". Jag stängde hastigt mobilen och lade den på bordet. Hoppas det fungerade!

Dörren gav med sig med ett brak och Adolf rusade in. En doft av mögel spred sig i rummet. I handen höll han ett pistolliknande föremål. Jag hade precis rest mig från stolen.

"Sätt dej!" ropade han halvhögt med ett väsande ljud och riktade pistolen mot mig. Sedan sprang han fram till fönstret och drog för gardinerna. Jag satte mig. Adolf tog fram en rulle silvertejp och tejpade fast mina armar och ben i stolen. För säkerhets skull så drog han även tejpen ett par varv runt rygg- stöd och bröstkorg. *Han har lärt sej något från deckarna på TV!* tänkte jag. Alkoholen gjorde nog att jag mest såg komik i hela situationen.

"Flina du din jävel, men det gör du nog inte länge till, din jävla snok!" Adolf sneglade på mig.

"Vad är nu detta?" undrade jag. "Du är ju en god medborgare utan straffregister! Ska du börja förstöra det nu?"

"Snacka kan du, men du har ingen jävla aning om vem du talar med. Lyckas man så kommer man inte in i något register!" han log elakt. *Jag skulle ha satt på någon inspelning*, tänkte jag, men nu var det försent. Jag kände att jag skulle behöva gå på toaletten, men jag ville inte glädja honom med att göra på mig.

"Nu ska du tala om för mej var fan du har gömt de där jävla breven och övriga papper som du hittat i huset! Det var ju jävligt roligt det där med kakburken, men det gav ju inget. Per var ju för fan helt värdelös med att leta."

"Hur vet du att jag har hittat något i huset, och hur fick du reda på det med kakburken?" undrade jag.

"Ha, ha – du tycker säker det var jävligt roligt, men inte länge till. Man har väl sina kanaler, men det ska du ta mej fan skita i! Tala nu för jävulen om var pappren finns!"

"Jag tror du fick information från Greta, och det har du fått tidigare också! Är hon din fästmö?"

Adolf gav mig ett hårt knytnävsslag i ansiktet. Näsan kändes mindre nu än tidigare. Efter en domnande känsla började smärtan komma. Näsan svullnade. Jag kände näsblodet rinna ner i munnen.

"Nu är det allvar för faan!" röt Adolf. Jag förstod att han gått över en gräns.

"Vad sa du till Gustav?" frågade jag och försökte låta bli att visa smärtan.

"Jaså, det har du också snokat upp! Jag förstod att det inte gick att lita på den jävla Per. Det är lätt att få insulinkoma om man har en tillförordnad sköterska, ha, ha!"

"Jaså, du hade Greta till det också? Då blir hon snart anklagad för mord. Vad sa Gustav som var så hemskt?"

Adolf slog igen, hårt och besinningslöst. Det svartnade en kort stund.

"Han pratade inte så jävla mycket som du ska göra snart din jävel! Han var inte mycket till far att hänga i julgranen!"

166

Far! tänkte jag i min dimmiga hjärna. Ett snirkligt G på ett papper om förlåtelse steg fram för min inre syn. *Är Gustav Adolfs pappa, så är Ester!.....kunde det vara sant?* Men Adolf hette ju Persson i efternamn! Hur kunde jag ha missat det?

"Var Torsten inte din riktiga kompis?" sluddrade jag. "Han kunde ju elda upp pappren tillsamman med huset!"

"Torsten!" fnös han, "han tänkte för fan inte över huvud taget, i alla fall inte med huvet som sitter på axlarna. Han var bara förblindad av sin jävla svartsjuka. Ingen annan jävel skulle ha hans satans fästmö, tyckte han!"

Adolf slog igen. Nu slog han mig i magen. Munnen skulle tala.

"Nu börjar jag bli jävligt trött på dej och ditt jävla sätt! Vill du brinna inne din jävel, eller vad är det med dej? Var ligger dom stans papprena! Du har tio sekunder på dej innan nästa knytnävsslag!

"På vinden!" ropade jag. "Slå mej inte mera! Jag har stoppat dom i en låda i den gamla sekretären som står på vinden!"

"Hur fan kommer jag upp där då?" undrade Adolf och blängde ilsket på mig.

"Det finns en lucka i halltaket."

Adolf gick ut och kontrollerade uppgiften.

"Den är låst! Hur får jag upp den?"

"Det finns en lång stång i ett skåp i köket. Du måste öppna den snabbt, annars griper den!" Jag tänkte på den tunga stegen i luckan. Jag kunde ju inte säga att Ester hade pappren, då var det ajöss och good bye med mig.

Adolf gick ut i köket och hittade stången i skåpet. Jag hörde hur han svor när stången inte passade in i hålet med detsamma. Sedan gick allt fort. Luckan svängde ner, och stegen kom farande med hög fart. Adolf fattade inte vad som hände. Med ett "Helvete!" blev han golvad av stegen.

Jag började gunga och slita i tejpen. Nu måste jag komma loss! Blodsmaken spred sig i munnen. Hoppas tänderna satt kvar! Jag hörde Adolf kvida i hallen. Hade han vaknat till igen? Då var det mer stryk på gång! Stolen välte och jag slog axeln i golvet, men huvudet klarade sig.

Jag hörde en bil bromsa in utanför och in störtade Rolando tillsammans med två uniformerade kamrater.

"Var ni långt borta?" undrade jag, och kände de svullna läpparna förvränga orden. "Ta hand om Adolf i hallen!"

"Det är redan gjort!" sa Rolando, reste stolen upp och började linda av tejpen från min kropp.

"Du ska inte säga så mycket! Ansiktet behöver plåstras om. Vi tar med Adolf till stationen. Jag ringer efter hjälp till dej!"

"Inte någon distriktssköterska!" utropade jag. Rolando tittade undrande på mig.

"Varför inte det?"

"Per hade en hos sej. Du vet kanske hur det gick för honom?"

"Nej det har jag inte hört. Jag trodde hon ordnade så han fick transport med ambulansen till lasarettet?"

"Ja, den äkta varan! Du får ta in Greta innan hon skadar någon annan. Är hon på Violen, så se till att snabbt ta henne därifrån! Ester kan vara illa ute!"

Rolando förstod inte och jag försökte förklara sambandet mellan Greta och Adolf, trots mina spruckna läppar.

"Vad heter Greta mer?"

"Jag har ingen aning", svarade jag, "men hon är Arne Rydhs hemtjänstperson. Han har nog reda åkt till lasarettet, men personalen på hemtjänsten bör veta."

Rolando grymtade något samtidigt som han ringde till Violen.

"Är Greta där?" frågade han. Jag förstod att han fick ett nekande svar. Han startade ett nytt samtal och ringde efter ambulansen. Nu kunde de väl vägen hit efter alla påringningar från Mörkullen! Fanns det några bilar kvar? Adolf och jag fick kanske åka skafötters till lasarettet?

"Ta hans pistol för säkerhets skull!" ropade jag till uniformerna.

"Du kan få den och leka med i trädgården i sommar! Samtidigt kan du vattna blommorna!" Två uniformer stod och log åt allt elände. Jag slöt ögonen.

Kapitel 29

Mitt besök på lasarettets operationsavdelning var snart avklarat. Några stygn vid min spruckna läpp, och ett stödförband som skulle göra näsan rak igen. Tänderna hade klarat sig. Revbenen gjorde ont, men fick läkas i sin egen takt. Men för säkerhets skull så fick jag vara kvar för observation under natten. Min skalle hade fått ta emot några smällar, så jag hade kanske fått en lindrig hjärnskakning. Jag fick lite kvällsmat och en tandborste. Jag kröp ner i sköna sjukhuslakan. Det bultade i huvudet och sved i såren, men med hjälp av en värktablett så somnade jag så småningom trots smärtan vid andningen och de andra patienternas högljudda snarkningar och diverse andra ljud.

Efter en, som jag uppfattade, drömlös natt, så tog jag en snabb dusch och drog på mig mina gamla kläder. Jag fick frukost i dagrummet. Läkaren kom och undersökte mina reflexer. Det var tydligen bra med mig eftersom jag snabbt blev utskriven. Det var många som stod i kö för en sängplats.

Jag beslöt att leta upp Marias avdelning när jag nu ändå var på lasarettet. I receptionen fick jag veta att hon låg på avdelning tre. Jag gick sakta upp för trapporna, följde skyltarna, och kände blodet strömma igenom ben och kropp med en livgivande känsla. Väl inne på avdelning tre sökte jag upp en sköterska och undrade var Maria låg.

"Är du en släkting?"

"Nej."

"Var du med om samma bilolycka?" hon studerade mitt sönderslagna ansikte.

"Nej detta fick jag i går. Maria är en vän. Jag har inte åkt hit tidigare eftersom ni har hållit henne nedsövd. Hur ska ni gå vidare med behandlingen?"

"Det är nog bäst att du talar med sjuksköterskan som har hand om henne. Sätt dej ner, så ska jag leta rätt på henne."

"Hur är det med Maria?" undrade jag oroligt. "Har det blivit någon förbättring?"

"Du får ta det med den ansvariga sköterskan. Jag kommer snart!" Hon försvann bort i korridoren och svängde in genom en dörr. Jag sjönk ner på en stol och knäppte händerna i knäet.

Efter vad jag tyckte en evighet så kom sköterskan tillbaka.

"Du kan gå in till Maria nu", sa hon, "det är borta i sal sju." Hon pekade bort i korridoren med handen.

"Eva är ansvarig sköterska. Hon finns hos henne nu."

Hon lämnade mig för andra uppgifter, och jag sökte mig fram till dörren med en sjua på. Jag knackade lätt, öppnade dörren och gick in.

En sköterska stod vid sängen och skymde nästan hela Maria. Endast fotändan på sängen stack fram. Jag gick fram till sängen. Sköterskan vände sig mot mig.

"Nu har du kommit i rätt tid", sa hon glatt, "Maria har börjat återfå medvetandet. Men jag vet inte om du ska skrämma henne med ditt utseende." Hon studerade mitt ansikte.

"Ser jag så hemsk ut?" undrade jag.

"Ja!" blev det korta svaret. Sedan flyttade hon sig bort från sängen. Där låg en blek Maria, med slangar och ledningar kors och tvärs. Bara ansiktet syntes av hennes huvud, och en slang med ljusröd vätska letade sig fram under bandaget och försvann ner i en plastflaska, som hängde på sängen i en stålblank hållare. En stor monitor stod bredvid sängen och ritade sina spretiga kurvor och blinkande siffror. Jag gick fram till sängen. Maria låg med halvslutna ögon och andades hest.

"Hon har precis blivit av med andningshjälpen", sa sköterskan, "därför rosslar hon lite, men det är normalt."

Jag tyckte inte alls att Maria andades normalt, men jag sa ingenting utan bara tittade på henne. Det drog i stygnen när jag försökte le. Hon öppnade ögon lite mer, men verkade inte känna igen den hon såg.

"Hej Maria!" sa jag mjukt, "det är jag, Sven från byn. Jag ville bara se hur det var med dej. Du ska inte anstränga dej utan vila."

Hon försökte lyfta sin ena hand, men droppslangen höll emot. Hon lyfte istället den andra och pekade på mitt ansikte. En rynka bildades mellan hennes ögon.

"Det ser värre ut än det är", sa jag, "Det var bara någon som inte tyckte detsamma som jag. När du blir bättre så ska jag tala om hela historien, men nu måste du ta det lugnt. Jag kommer snart tillbaka igen!" Jag strök henne över kinden och kände att hon tryckte sig lite mot min hand. Jag vinkade och gick. Jag ville inte visa henne att jag blev verkligt orolig när jag såg hennes tillstånd. Jag fick veta att hon genomgått en andra operation, och nu hade börjat sin långa vandring mot ett normalt liv igen. Jag kände att jag verkligen brydde mig om henne och att jag ville fortsätta vara i hennes närhet. En varm känsla spred sig i kroppen. *Maria!* Tänkte jag.

Jag gick sakta ner för trapporna och tänkte på framtiden. Det blev nog till att skaffa sig en liten bil, så man lätt kunde ta sig till och från lasarettet. En annan tanke slog mig när jag åter passerade receptionen.

"Kan du säga mej var Per Svensson ligger?" frågade jag receptionisten.

"Vi har tre med det namnet intagna", sa hon efter att ha letat på skärmen.

"Han blev förgiftad och var helt borta när ambulansen körde in honom."

"Jag kan inte se att det stämmer på någon av dem." Hon ruskade på huvudet.

En iskall hand grep tag i mitt hjärta och kramade det. Hon såg att jag bleknade. Hade han inte klarat av det? Var Greta skyldig till mord? Många frågor susade genom mitt huvud som fortfarande inte var helt klart.

"Vi har en Per Svensson som har blivit insulinskadad, kan det vara han?"

Jag andades ut. Det måste vara han!

"Var.. var ligger han?" stammade jag fram.

"Han ligger här på första våningen. Han ligger i en maskin som renar blodet. Han kommer nog att klara sig!" sa hon tröstande, "men du kan inte besöka honom! Där inne håller man luften så ren som möjligt för att inte få in några bakterier.

"Okej, men har ni fått in någon Arne Rydh? Han ska komma från samma by. Han hade något problem med sitt ben."

Receptionisten tittade återigen på sin skärm.

"Arne Rydh. Han behandlas för blodpropp. Han fick opereras och ligger på uppvakningen."

"Fick han behålla sitt ben?" sa jag oroligt.

"Det vet jag inte något om. Du får tala med läkaren när han har kommit upp på sal."

Jag nickade och tänkte på Gustav som jag aldrig träffat.

"Har du någon Gustav Gustavsson här då?"

"Du verkar känna många av våra patienter!" hon smålog.

"Nej, honom känner jag inte. Han kommer fån byn jag bor i. Jag vet bara att han kom in för hjärtbesvär för några veckor se'n eller så."

"Har ni fått någon slags epidemi i er by?" undrade hon halvt skämtsamt.

Hon sökte åter på skärmen. En rynka uppstod i ansiktet och hon tittade på mig.

"Tyvärr! Vi har sökt anhöriga till honom men inte hittat några. Känner du till någon av hans släktingar?"

Jag tänkte på Adolf som kanske också låg på lasarettet. Skulle jag säga att jag kände hans son? Hur skulle Ester ta det hela? Skulle hon bli upprörd, eller hatisk?

"Jag ska undersöka saken", sa jag. "Kan jag träffa honom?" Jag undrade hur han mådde.

"Tyvärr går inte det. Han fick en ny hjärtinfarkt igår som vi inte kunde klara. Han ligger på vår avdelning nere i källaren."

"Är han död!"

"Ja, tyvärr." Hon slog ner ögonen och tittade på skärmen igen.

"Kan jag ringa dej om anhöriga?" undrade jag.

"Det var bra om du kunde det", sa hon och räckte mig ett kort med sitt namn och nummer på.

Jag tackade och gick. Hur skulle man nu se på Adolfs brott? Visste man över huvud taget vad som hänt? Mitt samtal med Adolf blev aldrig inspelat. Jag fick tala med Rolando. Det verkliga vittnet, Per, hade som tur var överlevt mordförsöket och kunde komma med sin ögonvittnesskildring.

Jag stod på trappan till lasarettet och undrade vilken väg jag skulle ta. Buss eller taxi?

"Men här står du ju!"

Jag vände mig om och såg in i Rolando Kvists glada ansikte.

"Det var tur jag kände igen dej! Det var nog på öronen, där finns inget plåster, fast man säger konstigt nog att man fått på öronen!"

Det drog i stygnen när jag försökte le."Aj!"

"Å, ursäkta det var inte meningen! Kan jag gottgöra det med att skjutsa dej hem? Jag ska ändå till kontoret."

Jag nickade tacksamt och Rolando visade på sin bil som stod parkerad nära byggnaden. En skylt framför bilen visade hans status med egen parkering. "POLIS", stod det med vita bokstäver på blå botten. Jag hoppade in på passagerarsidan och Rolando backade försiktigt ut bilen.

När vi kommit ut ur sta'n så började han prata.

"Adolf får ligga kvar på lasarettet ett tag. Han fick en rejäl bula i pannan av stegen. Där hade du tur!"

Eller skicklighet! tänkte jag.

"Han har fått en riktig smäll i huvudet som gett honom hjärnskakning. Han ligger i ett särskilt bevakat rum. Man kan hoppas att det har gjort honom till en bättre människa."

"Hans pappa ligger också på lasarettet." Rolando vände sig häpet om mot mig, men fick strax titta fram igen mot den tätnande trafiken.

"Han kanske får permis för att gå på sin pappas begravning?" fortsatte jag.

"Är han död?" Rolando pratade rakt fram mot vindrutan.

"Ja, han ligger i lasarettets kylrum. Han dog i en hjärtinfarkt, antagligen i sviterna efter att ha blivit konfronterad och kanske hotad av sin son, som han aldrig hade träffat förut!"

"Det var som faan!" utbrast Rolando.

"Jag vet inte hur jag ska ta upp det med hans mamma."

"Känner du henne också!" undrade Rolando.

"Nej, jag kände inte hans far, men är bekant med hans mor"; sa jag lite kryptiskt. Jag ville inte röja Esters identitet för honom. Det var något som jag själv måste få bestämma.

Det hade varit en jobbig morgon. Jag slöt ögonen och sömnen smög sig sakta in i vaggningarna från bilen.

Kapitel 30.

Jag vaknade med ett ryck när bilen stannade. Jag såg mig omkring. Rolando hade stannat utanför Majlis. Framme vid Esters hus stod en annan bil, och tekniker höll på med undersökningar både ute och inne.

"Ren rutin", sa Rolando. "Nu ska vi ha alla spår och avtryck så han inte smiter ifrån efter något misstag. Men jag skulle behöva gå på muggen!"

"Vi går in till Majlis!" sa jag. "Hon tar nog gärna emot. Du ska ha en påse från mej också. Jag har den i huset. Jag tror du hittar Gretas fingeravtryck på innehållet. Det är ett skydd som jag tror satt på insulinsprutan som hon gav till Per, antagligen på Adolfs order. Jag vet inte hur det hänger ihop, men du har nog alla uppgifter i din databas."

Jag såg ut genom rutan och såg Majlis stå utanför sin dörr och kika på händelserna runt Esters hus. Jag öppnade dörren.

"Hej Majlis! Får vi komma in ett tag?"

"Javisst, kom in! Men vad har du varit med om? Var det djävulen från kortet?"

Jag nickade och Rolando såg förbryllad ut.

"Kom!" sa jag, "så går vi in så du får lätta på trycket!"

Rolando gick tacksamt in och letade upp toaletten.

"Vad var det som hände i går kväll?" undrade Majlis. "Nu får du berätta allt! Och vem är den där stilige kompisen du har med dej?" frågade hon med låg röst intill mitt öra.

"Det är bäst att han får presentera sej själv", sa jag, "men det är han som räddade mej från djävulen!"

"Jag har varit på lasarettet", fortsatte jag, "och det verkar som om Maria ska bli helt bra! Man har opererat hennes huvud igen, och det verkar gått bra. Jag vet inte hur hon mår för övrigt men hon började precis komma tillbaka när jag var där. Jag får åka och besöka henne någon dag igen." Jag pladdrade på som om jag var uppvriden.

"Det var verkligen skönt att höra!" Majlis såg glad ut. "Och vem är denna stiliga man då?" hon vände sig mot Rolando som kom ut från toaletten.

"Jag heter Roland Kvist, och är kommissarie i Malmbäck." sa Rolando och sträckte fram sin hand. En liten röd fläck hade bildats på hans kind. "Tack för att jag fick komma in!"

"Du är alltid välkommen. Svens vänner är mina vänner. Du har nog mycket spännande saker att berätta!"

Ät inte upp honom! tänkte jag.

Rolando visste inte vad han skulle säga. Efter en stund vände han sig mot Majlis igen. "Ja tack igen då! Jag måste åka iväg till arbetet. Nu är det mycket pappersarbete, som ska göras!"

"Tack för skjutsen Roland!" sa jag. "Glöm inte plastpåsen i mitt kök!"

Rolando försvann ut till bilen. Snart hördes ljudet av däcken mot gruset.

"Jag hoppas att du inte skrämde iväg honom!" sa jag.

"Gjorde jag det?" undrade Majlis.

"Du blev lite häftig men det är väl sådan du är. Jag ska ta reda på om han är ledig." Jag blinkade mot henne. "Du kan kanske hjälpa honom att lösa knepiga fall! Du kan kanske se saker som ligger i det fördolda! Jag ska se vad jag kan göra."

"Jag hoppas du inte driver med mej!" Majlis såg arg ut. "Det är inget att skämta om!"

"Varför tror du det?" sa jag allvarligt. "Jag tror du träffat alltför många skeptiker! Jag tycker att du ska börja tro på dej själv och inte bry dej om vad andra människor tycker och tänker. Det gäller bara att låta kanalen vara öppen. Allt beror på tillit! Jag tror på dej, utan tvekan!"

"Tack!" sa Majlis. "Ursäkta att jag sa så. Jag måste jobba på min självtillit!"

Jag tackade och kramade om henne. Nu var jag tvungen att köra till Ester. Det var lika bra att berätta för henne nu när det var färskt i minnet.

Det hade regnat lite på morgonen och det kom fortfarande droppar från himlen när jag körde mot Malmbäck och Violen. Jag irriterades av regnet i ansiktet och beslutade mig för att köpa en liten bil så fort som möjligt. Nu hade jag verkligen användning för en sådan. I storsta'n så låg min lilla lya och min arbetsplats så nära varandra, så jag hade alltid promenerat där emellan. Nu var det annorlunda, och jag hade faktiskt blivit riktigt bunden till byn, trots alla hemska saker som hänt. Men jag upplevde det som att detta hade behövt hända för att jag äntligen skulle vakna upp och se det som verkligen var det viktigaste här i livet.

Ester satt som vanligt vid sitt bord, men hon såg upprörd ut. Hon ryckte till när hon såg mitt hoplappade ansikte.

"Men vad du ser ut! Jag vet vad som hände. En kommissarie Kvist ringde och berättade. Men jag trodde inte att du hade blivit så misshandlad!" hon såg medlidande på mig.

"Det är inte så farligt som det ser ut", sa jag, "men vad har hänt här? Jag ser på dej att det inte är som vanligt. Du kanske saknar bakelserna, dom har jag faktiskt glömt!"

"Nej då, men det har varit ett hiskeligt liv här. Den där Greta kom in fastän det inte var tid för hennes tjänstgöring. Föreståndaren hade tydligen blivit varnad. Greta hade tänkt komma in till mej, men man hindrade henne och låste in henne i ett rum, och polisen kom och hämtade henne. Hon var arg som ett bi! Jag vet inte vad hon hade gjort."

Jag berättade för henne om händelserna i byn, om Per som blev sjuk och om vad som hänt på lasarettet. Hon tittade storögt på mig då och då och jag förstod att det var något ovanligt och spännande i hennes annars så händelsefattiga tillvaro.

"Men det roligaste i all bedrövelsen är att Maria börjar bli bättre!" sa jag och såg glad ut.

"Det märks att du redan fått känslor för byn och dess innevånare!" sa Ester.

Hon gjorde en paus.

"Nu har jag pratat i telefon med polisen och med myndigheterna. Nu vet jag att Adolf är den som blev till den där sommaren jag träffade Gustav.

Adolf blev adopterad direkt efter födseln, så han ärver sina adoptivföräldrar och inte mej. Det verkar som om han trodde han skulle ärva Gustav och mej eftersom det var så viktigt med födelseattesten, den stackaren! Han växte upp tillsammans med Torsten och Greta, som var fosterbarn i samma familj. Dom blev mycket sammansvetsade när dom växte upp. Det ser man idag då dom tydligen gör allt för varandra, även om Adolf gruffade med Torsten ibland."

Ester såg trött ut. Det kunde inte vara trevligt att veta att ens barn inte kunde hålla sig på den smala vägen.

"Men Adolf heter ju Persson! Blev han verkligen adopterad? Så hette ju ni när ni var gifta."

"Det är nog bara en tillfällighet att hans adoptivföräldrar heter likadant som vi i efternamn. Det var kanske därför han trodde att han skulle ärva mej? Hans fosterföräldrar kanske aldrig berättade att dom hade adopterat honom." Ester drog ett djupt andetag.

"Nej, nu lämnar vi det!" sa hon, "du har alltså inte med dej något gott till kaffet?"

Jag tittade skamset på henne.

"Jag var alltför uppbragd för att komma ihåg det, men nu ska jag sticka ut och köpa något gott!"

"Nej bry dej inte om det! Jag bara skojade med dej!" Ester slog ut med armarna.

"Nu går jag ut och handlar och därmed basta!" sa jag.

Det blev en runda till Bolaget för att inhandla madeira, och till konditoriet för nya Budapestbakelser. Ester såg ut som en fågelholk i ansiktet när jag kom tillbaka med varorna.

"Det hade du väl inte behövt!" sa hon.

"Nej", sa jag, "men jag gjorde det ändå! Nu ska vi vara glada att vi lever!"

Vi lät oss väl smaka. Ester hade fått in en ny termos med kaffe.

"Jag har suttit här och tänkt", sa Ester. "Nu ska man snart byta ut de gamla sedlarna. Jag vet att mina pengar finns på banken, så där är det inga problem, men Erik och jag lade undan lite pengar, ja inte så mycket men ändå, i en plåtask. Jag tror att den har hamnat på vinden. Vi hade den i en liten rokokobyrå som jag ärvde efter mor. Varför den hamnade på vinden kommer jag inte ihåg. Jag har sett på TV att man idag värderar en sådan där till hiskeliga summor, speciellt om originalskivan finns kvar. Jag tror att den är helt intakt."

"Varför har du inte den här i rummet?" frågade jag.

"Det var för mycket bry att ta ner den från vinden när jag flyttade. Man måste plocka bort gavelfönstret för att få ut den. Men det var inte byrån jag pratade om", fortsatte Ester, "utan om plåtasken i en av lådorna. Om du tar ut den så kan du kanske växla in de gamla sedlarna till nya. Du kan ju alltid köpa något trevligt för dom. Du får dom av mej!"

"Jag tackar!" sa jag, "men det behöver du inte göra. Jag ska gå upp på vinden så kan vi se vad jag hittar."

Vi fortsatte att prata om byn och om Esters gamla tider.

"Ungdomarna idag vet inte hur bra dom har det", sa Ester efter sin andra kopp kaffe. "Dom tror inte på när man berättar om hur man bodde som barn. Det har hänt väldigt mycket på de senaste sjuttio åren. När jag var liten hade vi utedass och bara kallt vatten inne, trots att vi bodde i en lägenhet. Vi värmde oss med kakelugnar och köksspis. Där fick vi också värma vattnet."

"Det är väl skönt att det har blivit bättre", sa jag, "men vi tar för givet att det ska vara så. Vi är ju så vana vid det. Jag kommer ihåg när vi hade ett omfattande strömavbrott. Då förstod man hur bra vi har det annars. Det var bara till att tända stearinljusen och äta upp maten i frysen. Då blev det slut med både gasolkök och fotogenkök i affärerna."

Ester nickade och småskrockade när minnena dök upp.

"Nu får jag nog åka hem och se om huset står kvar", sa jag och krängde på mig rocken. "Nu är det inte så många kvar i byn på dagarna!"

Kapitel 31

När jag kom tillbaka till byn var det ganska tyst och stilla. Familjerna som hade arbete på dagarna hade börjat komma tillbaka till sina hus, men hos dem jag hade bekantat mig med fanns bara Majlis hemma. Var jag ett dåligt omen för byn, eller vad skulle man kalla det? I husen hade först Gustav åkt in på lasarettet, visserligen före min ankomst men ändå. Maria var på sjukhus, Per var på sjukhus, Arne var på sjukhus, Adolf var också på sjukhus eller i finkan. Jag tänkte på Rex. Jag hoppades att polisen hade tagit hand om honom. Jag fick ringa Rolando och fråga.

Veckan gick med gräsklippning och annat trädgårdsarbete. Jag tänkte på Marias gräsmatta. Jag fick ta och klippa den också, och som tack tvätta mina kläder i hennes maskin. Och härliga duschar inte att förglömma. Jag ringde till lasarettet, men Maria var fortfarande för svag för att tala i telefon. Det var läge att skaffa bil. Jag tittade på nätet då och då för att se om något intressant dykt upp. Bra bil men billig. Det skulle inte bli lätt. Jag kunde kanske se om det fanns någon bilhandlare i Malmbäck nästa gång jag var där.

Matbussen kom. Josef var frågande inför den glesa kundskaran. Jag fick övertyga honom om att alla snart skulle vara tillbaka igen. De var på sjukhus av olika anledningar. Nästa vecka hade de säkert börjat komma hem igen. Jag handlade lite extra för att få honom på gott humör.

När jag tyckte att det inte var så mycket mer att göra, så kom jag att tänka på vad Ester berättat om vindsutrymmet. Luckan stod fortfarande öppen efter Adolfs bravader. Det fanns till och med lite blodstänk på nederdelen av stegen. Med försiktiga rörelser lyckades jag sakta gå uppför stegen. Revbenen gjorde fortfarande ont, så jag fick ta det försiktigt. Jag tog med mig ficklampan upp.

Ljuset i taket tändes blekt men snällt när jag vred på strömbrytaren. Med ljusstrålens hjälp från ficklampan sökte jag mig fram över golvbrädorna. Det var inte mycket isolering i golvet, så det blev nog kallt där nere i huset på vintern. En gungstol som var målad med långa rosenprydda slingor längs ben och rygg stod lite för sig själv. Den kunde kanske pryda sin plats i rummet.

Jag fick en idé. Jag skulle se om byrån som Ester hade beskrivit såg fin ut. I så fall kunde jag se till att få ner den och forsla den till henne. Då kunde jag samtidigt ta ner gungstolen och sekretären till rummet!

Jag fortsatte framåt. Byrån verkade stå allra längst in, men samtidigt nära gavelfönstret som var igensatt med en masonitskiva. Det hade redan börjat skymma utanför såg jag i springorna. Jag hittade byrån. Toppskivan av marmor var hel. Den kunde man ta av för sig så gick det lättare att forsla byrån. Jag drog ut översta lådan. Den kivade lite. Det var inte den bästa miljön som en så här fin möbel skulle stå i, men det var nog värre på hösten med regn och rusk. Det var inte förrän jag fick ut den nedersta lådan som jag hittade plåtasken. Locket var lite fastrostat, men till slut fick jag upp det.

Herrskapet Persson hade nog sparat mer än de hade förstått. Tusenlapp på tusenlapp låg i plåtasken tillsamman med en hel del hundralappar. Jag hoppades att de inte var för gamla för att lösas in. Här kunde jag lätt få råd att ta ner de möbler jag ville, och även kunna forsla byrån till Ester.

Ett ljud från luckan fick mig att stanna upp och lyssna. Någon gick in i huset genom ytterdörren. Hade Per redan kommit hem igen? En kvinnas röst hördes.

"Hallå, är det någon hemma?"

Jag kände inte igen rösten.

"Jag är här uppe!" ropade jag. "Jag kommer strax ner!"

Jag tog mig mödosamt tillbaka mot luckan och tittade ner. Jag kände blodet bli till is i ådrorna. Där nere stod Greta i egen hög person.

"Hej Greta", sa jag och låtsades att allt var som vanligt. "Ett ögonblick så ska jag komma ner!"

"Stanna där uppe!" Gretas röst hade blivit hård. Jag tittade ner genom luckan, och såg henne stå där rak i ryggen.

"Vad vill du Greta? Jag trodde du var kvar hos polisen."

"Jaså det trodde du din snok! Är det du som har anmält mej då? Fortfarande är vi en rättsstat som inte sätter oskyldiga i fängelse. Polisen har inte några bevis för att jag skulle ha gjort något orätt! Naturligtvis blev jag släppt."

En stunds tystnad. Jag sa ingenting, Greta fortsatte.

"Är det någon som ska sättas i fängelse så är det väl du, som nästlar dej in hos gamla sjuka kvinnor med list och bakelser och försöker lura av dom pengar som deras barn rättmätigen ska ha!"

"Nu har du nog missförstått det mesta", sa jag. "Ester får göra vad hon vill med sina pengar. Hon har adopterat bort sitt barn, så hon har inga arvingar. Jag kommer ner så får vi talas vid."

"Stanna där du är, din satans sol-och-vårare!" Greta hade tagit fram handen hon haft bakom ryggen. I handen höll hon en pistol.

"Har du lånat Adolfs vattenpistol?" sa jag med skratt i rösten.

Ett skott brann av med en hög smäll, och kulan borrade in sig i träet i en takstol ovanför mitt huvud. Hon hade skjutit rakt genom lucköppningen!

"Ja, här är blyvatten, så akta dej noga!" hon skrattade rått.

"Jag har kommit för att hämnas mina bröder som du har lurat och lockat, så dom har blivit fängslade. Stanna där uppe. Antingen skjuter jag dej, eller också brinner du upp med huset. Det är bara att välja."

"Jag trodde att du var ute efter pengarna som Ester har här uppe", sa jag och hörde samtidigt hur min mobil signalerade där nere på soffbordet. Därifrån fick jag ingen hjälp.

"Om huset brinner upp, så brinner ju pengarna upp också! För att inte tala om de fina möblerna som står här uppe. Dom är nog värda flera hundra tusen!"

Jag kände skräcken gripa tag i mig. Skulle jag förlora till slut ändå? Jag hämtade så mycket mod jag kunde från min sargade kropp. För att övertyga henne om att inte elda upp huset vek jag ihop en tusenlapp som en svala, och skickade ner den genom luckans öppning.

"Här finns mer av samma sort!" ropade jag.

Jag hoppades att Majlis hört skottet, eller kopplat på sin intuition. Jag hörde prasslet när Greta tog upp tusenlappen och granskade den. Sedan hörde jag hur hon började gå upp för stegen.

"Då får jag väl komma upp och skjuta dej då!" Nya steg hördes. Jag kröp bakåt, släckte ficklampan och försökte göra mig så liten som möjligt bakom möblerna. En hand med pistol dök upp i luckan och sköt ett skott på måfå in på vinden.

"Har du hämtat bevismaterialet i Pers hus?" Jag försökte få henne ur balans.

Ett nytt skott brann av. Hon var tydligen av en iskall sort. Jag hörde hur det slog i en möbel längre in på vinden.

"Nu skjuter du sönder de dyrbara möblerna", sa jag och försökte låta modig.

Jag fick tag i en rock som jag tidigare hade slängt på golvet när jag letade efter kläder. Med en kraftansträngning slängde jag rocken mot lucköppningen. Jag såg hur den åkte ner i öppningen och hörde hur hon svor till. Ett högt ljud sa mig att hon trillade ner på golvet. Snabbt kröp jag fram, vred om strömbrytaren så vinden blev mörk, och kröp runt till andra sidan av luckan. Där var det svårare för henne att sikta på mig hoppades jag. Bröstkorgen smärtade och det drog i såren i ansiktet av ansträngningen, men jag bet ihop. Nu var jag tyst som muren för att inte röja min nya position.

"Nu tyckte du allt att du var duktig va!" Greta hade kommit på fötter igen. "Jag förstår att en dödsdömd blir desperat!" hon började klättra uppför stegen igen. Jag kröp ihop bakom en trälåda med diverse saker i. Jag såg hennes huvud komma upp genom öppningen. Hon sökte fram och tillbaka med ögonen med pistolen stadigt riktad bort mot gaveln.

"Jag ser dej nog snart bara ögonen får vänja sig." Ett hest skratt hördes. "Nu är du inte så stursk va?"

När jag förflyttade mig hade det gamla dammet virvlat upp, och jag såg Greta som genom en dimma. Plötsligt hade dammet letat sig in genom min näsa, och en nysning mullrade upp inom mig. Den gick inte att hejda!"

"Atschooo!" Mitt huvud exploderade! Greta vred snabbt på huvudet. Jag tände ficklampan rakt in i hennes ansikte. Hon blev överrumplad och ett nytt skott brann av. Jag kände lufttrycket när kulan smet förbi strax ovanför mitt huvud. Jag lade ficklampan på trälådan så att den fortfarande lyste i hennes ansikte, och kröp själv vidare in och till den andra sidan. Greta sköt i blindo och försökte sprida skotten omkring. Jag tryckte mig mot golvet.

Plötsligt öppnades dörren, och en stor svart hund rusade in och började skälla på Greta. Hon blev totalt överraskad!

"Släpp pistolen!" det var Rolandos röst.

Greta vände sig om på stegen och siktade mot honom. Ett skott brann av. Jag kunde inte se vad som hände, men hörde skramlet av en pistol som ramlade i golvet. Under en lång sekund var det tyst. Hade Greta skjutit Rolando? Till slut hörde jag till min lättnad Rolandos röst.

"Det är farligt att sikta på en polis med en pistol! Res dej upp!"

Jag kröp fram och tittade över kanten på luckan. Greta stod på golvet och höll om sin högra arm med vänsterhanden.

"Det var tur att du dök upp! ropade jag, samtidigt som jag kröp runt för att ta mig ner för stegen.

"Du ser ut som ett spöke!" sa Rolando och mönstrade min svettiga och dammiga gestalt.

"Om du hade dröjt lite till så hade jag varit det!" sa jag och började klättra ner för stegen. En uniformerad polis tog tag i Greta och ledde ut henne. Hon tittade surt på mig.

"Nu kanske det finns bevis!" ropade jag efter henne. "Hur kommer det sej att du kom hit och räddade mej?" undrade jag och vände mig mot Rolando.

"Du får tacka din spåkvinna Majlis!" sa Rolando.

"Inte min men kanske din? Såg hon vad som hände i glaskulan?"

"Jag vet inte om hon har någon glaskula, men hon har nog intuition, och kanske fick den hjälp på traven av att du inte svarade på mobilen och av skotten hon hörde."

"Hur gick det, Rolle!" Jag hörde Majlis oroliga röst utanför dörren.

"Aha, Rolle!" sa jag och tittade på Rolando. Jag tyckte han såg lite röd ut i ansiktet, men det var nog bara av upphetsningen. Han sköt nog inte på människor varje dag.

"Det är okej!" svarade Rolando. "Spöket har kommit ner från vinden!"

"Men varför har du Rex med dej?" frågade jag.

"Jag var precis på väg till dej med honom när Majlis ringde. Jag tänkte att du kanske kunde ta hand om honom så länge tills vi vet hur vi ska göra. Nu verkar han ju vara en riktig vakthund som du kan ha nytta av!"

Majlis kom in och såg oroligt på Rolando. För henne verkade det vara viktigare med hans tillstånd än med mitt.

"Tack Majlis!" sa jag. Nu har du räddat mitt liv två gånger. Det kan jag aldrig återgälda!"

"Åh säg inte det! Du har ju sett till att Rolle har korsat min väg." Hon tog tag i Rolandos arm och tittade leende upp mot honom.

"Det var tur att du inte blev skadad!" sa hon med mjuk röst. Rolando nickade bara.

"Ja tack ska ni ha båda två!" sa jag, "nu släpper ni väl inte Greta i första taget?"

Rolando skakade på huvudet. Rex stod framför mig och viftade på svansen. Han ville också bli uppmärksammad, så jag satte mig på huk och kramade om honom. Han slickade mig frenetiskt i ansiktet.

"Ja, ja. Du ska få stanna här! Vi ska hitta en trevlig hörna där du kan sova!"

"Vi kör vidare!" sa Rolando och lämnade över kopplet till mig. Jag tackade än en gång.

"Nu får jag gå bort till Marias hus och duscha", sa jag och Rex följde lydigt med.

Kapitel 32

Jag hittade en passande hörna till Rex, efter att jag kommit tillbaka efter dusch och omklädnad hos Maria. Klockan hade visserligen blivit mycket, men jag ringde ändå till lasarettet och hörde hur det var med Maria.

"Hon sover nu", sa sköterskan. "Vi hoppas att hon kan vakna till lite bättre om en vecka. Huvudskadorna måste få läka ordentligt innan hon får börja träna och försöka komma tillbaka. Vi är inte klara med tester på hur hjärnan har återhämtat sej, men vi är hoppfulla."

Jag med, tänkte jag. Då skulle det ta lång tid innan hon kunde komma hem igen. Jag fick sköta om hennes hus så gott det gick.

Jag lade ut en av Esters filtar på golvet och Rex lade sig lydigt där. Det verkade som om han redan kände sig hemma. Själv hällde jag upp ett halvt glas whisky och ställde på bordet. Rex tittade långt efter mig.

"Jaså vill du ha en whisky också?" skämtade jag och letade fram en passande skål där det säkert hade varit många goda gratänger i. Jag spolade upp kallt vatten och hällde i skålen. Sedan placerade jag den på golvet intill filten. Rex drack glupskt. Det var nog ett tag sedan han fick vatten. Mat tillhonom fick jag skaffa senare.

Jag satte mig i en fåtölj och smuttade då och då på drycken, och tänkte igenom vad som hänt. Rex låg med huvudet mellan tassarna och betraktade mig. Nu får det väl snart vara slut med otrevliga händelser, tänkte jag. Om jag inte haft så uppmärksamma grannar så hade jag varit död flera gånger! Jag skrattade till och Rex lyfte på huvudet. Han hade kanske inte hört så många skratt i sitt liv? Nej, det gick bara att dö en gång för varje liv man levt. Många uppslag till min spänningsroman passerade genom huvudet.

Whiskyn var slut i glaset. Det var dags att sova. Jag klädde av mig och borstade tänderna. Sängen hade nog aldrig varit så skön. Genom den öppna dörren såg jag Rex på sin filt. Han låg och tittade på mig.

"Godnatt Rex!" sa jag. "Tack för idag och för att du hejdade skottlossningen!"

Rex viftade sakta på svansen men låg kvar. Jag slöt ögonen och somnade.

Jag var ute och seglade. Havet var oroligt och vågorna stänkte i mitt ansikte. Jag tog upp handen och skulle torka mig i ansiktet då jag kände en kall nos. Jag vaknade ur drömmen. Där stod Rex och viftade på svansen. Han ville väl ut och kissa. Jag gick upp, öppnade dörren och släppte ut honom. Jag lät dörren stå öppen så han kunde komma in igen. Jag var hungrig och satte med detsamma på gröt och kaffe. Vad skulle jag ge Rex? Det fick bli några wienerkorvar tills jag hunnit köpa hundmat. Korvarna hamnade i en annan av Esters karotter, bredvid vatten-skålen. Jag sköljde den och fyllde på med nytt, friskt vatten.

Rex kom in efter en stund och slök korvarna på tre sekunder. Vattenskålen fick också en påhälsning. Jag satte mig ner och åt min frukost.

"Nu måste jag åka till Ester och berätta", sa jag till Rex. "Jag hoppas att du kan stanna här inne några timmar. När jag skaffat bil så får du följa med. Rex viftade på svansen och skällde lätt en gång. Han tyckte det var okej!

Jag ringde Ester och berättade att jag skulle komma. Det passade bra.

Som vanligt ställde jag mopeden vid torget. Violens personal var nu bekant med mitt ansikte och släppte snabbt in mig. Jag hade en kartong i ena handen från konditoriet.

Ester såg förväntansfullt på kartongen när jag steg in.

"Hej Ester! Jag är glad att jag kan vara här!"

Medan jag tog fram koppar och fat och hällde upp kaffet, började jag berätta om vad jag varit med om.

"Sakta i backarna!" ropade Ester. "Nu sätter vi oss ner och njuter av bakelsen och kaffet. Sedan berättar du sakligt vad som hänt. Nu blir det bara en massa osammanhängande ord!"

Jag förstod att jag var för ivrig. När bakelsen hade åkt ner och halsen blivit sköljd av kaffe, började jag långsamt och försiktigt min berättelse. Ester slängde in en fråga här och där när historien inte hängde ihop.

"Vem är Rex?"

Jag berättade om Adolfs hund. Hur den genast kände sig hemma i huset.

"Den går omkring som barn i huset!" sa jag utan att tänka mig för. Ester tittade först förebrående på mig, men sedan sprack hennes ansikte upp i ett gott skratt. Jag skrattade med och tänkte på min fadäs.

När hela historien och alla frågor var avklarade, så tog jag upp en tanke jag haft.

"Jag hittade plåtskrinet uppe på vinden", sa jag, "och där finns gott om pengar för att få flyttat din vackra rokokobyrå hit till dej! Jag hoppas att du låter mej få göra det. Det skulle kännas helt rätt. Och på samma sätt som jag tror Rex känner sig hemma hos mej, så tror jag byrån längtar till dej!"

"Åh, så poetiskt sagt. Då kan jag ju inte neka dej att göra detta. Om jag ska vara ärlig så har jag faktiskt tänkt på den." Ester log.

"Nu när vi pratar om vad vi gått igenom och vad jag suttit och tänkt, så passar det bra att jag fortsätter på den linjen." Ester tog fram ett papper.

"Varför ska jag sitta här och ha bekymmer för huset när jag antagligen ändå aldrig kommer att bo där? Här har jag författat ett brev där jag överlåter huset på dej!"

"Men...", började jag.

"Tyst nu när jag talar!" Esters röst blev ovanligt skarp. "Du får lära dej att lyssna, och inte avbryta mej!" Jag kände hur jag krympte och förbannade mig själv. Kinderna blev varma.

"Nu bestämmer jag själv över mitt hus!" fortsatte hon. "Vill du inte gå med på det jag beslutat så får du opponera dej när jag talat klart!" Ester fortsatte.

"I detta brev så överlåter jag huset på dej. Jag vet att huset behöver förbättras och kanske byggas om till vissa delar ifall det ska fungera som ett åretrunthus, så jag överlåter också en summa pengar", hon lyfte handen när hon såg att jag på nytt försökte protestera, "som ska hjälpa till att få huset beboeligt hela året. Jag har vad jag behöver och om jag har några släktingar så är det tyvärr endast en son som har blivit bortadopterad, och som tyvärr har hamnat på fel sida om lagen."

Ester tog en paus och tog en klunk av vattnet hon hade i glaset framför sig.

"Du får prata med banken om formalia kring husöverlåtelsen. Alla mina uppgifter finns i brevet och jag känner dom på banken. Dom ringer om det är något som är oklart. Mitt testamente har jag också tänkt på. Det kan jag skriva om och utforma som jag vill. Det hjälper banken också till med." Ester tittade lite leende på mig.

"Jag måste också erkänna att det är många själviska tankar i detta. Jag slipper tänka på huset som har varit ett bekymmer för mej, och så hoppas jag naturligtvis att du blir kvar i byn och kan komma och besöka mej ofta!" Hon lutade sig tillbaka för att markera att hon hade talat färdigt.

Jag visste inte vad jag skulle säga. Jag kände att mina ögon hade blivit fuktiga.

"Jag vet inte vad jag ska säga." Mina ord stapplade fram ur munnen. "Jag tackar naturligtvis! Jag har aldrig blivit så positivt behandlad och så överraskad! Jag tänkte idag när jag körde hit, att jag skulle skaffa mej en liten bil så kunde jag komma hit i ur och skur. Nu tycker jag att jag känner så många i byn att jag skulle vilja stanna och bo här! Och Maria kommer kanske hem från lasarettet om ett tag hoppas jag. Jag ska se till hennes hus under tiden hon är borta. Men tack så hemskt mycket Ester! Detta hade du inte behövt göra! Jag hade kommit och besökt dej ändå!"

"Ja, ja! Nu är det bra med det! Se det som att du gjort mej en stor tjänst! Jag känner mej faktiskt befriad! Nu kan vi sitta och prata om allt!"

"Och jag kan komma och hämta dej i bilen så du kan besöka byn och dom du känner!"

Ester tänkte på mina ord och satt en stund och funderade. Sedan lyste hon upp.

"Kanske det!"

Efter långa samtal om ytterligare detaljer om vad som hänt, återvände jag hem till byn efter att ha varit inne i en djuraffär i Malmbäck och handlat hundfoder och annat godis till Rex. Nu kändes det som *hem*. Solen hade börjat titta fram och jag såg att Arne hade kommit hem igen och satt utanför sitt hus. Jag stannade mopeden.

"Hej Arne!" sa jag. "Jaså du har kommit hem igen! Fick du ordning på benet?"

Arne såg sur ut.

"Hur är det egentligen?" undrade jag. "Var det inte tur att du fick komma in på lasarettet? Har inte benet blivit bättre?"

"Jo, men det kom hit någon från hemtjänsten som jag inte känner!" Arnes ansikte mörknade ännu mer. "Dom sa att Greta hade slutat och att jag fick en ny kvinna. Hon som kom var ju som en mussla! Och mörk är hon också, men som tur är pratar hon svenska! Jag som alltid pratat med Greta om allting! Är det dags att avsluta det hela eller vad händer?" Arne vred sina händer.

Jag förstod att han inte hade fått reda på vad Greta hade hittat på. Jag ville inte berätta och förstöra hans helgonbild av henne.

"Om jag får reda på att du har något med detta att göra, så kommer jag i hela mitt liv att ångra att jag hjälpte dej att hitta ett sommarhus!" Arne bligade surt på mig.

"Men du Arne! Vi vet inte! Det kanske är det som är livets flöde?" försökte jag.

"Greta var väl också ny en gång. Du får väl uppfostra den nya så hon blir som du vill ha henne? Hon berättar säkert om sitt förflutna om du bara uppmuntrar henne! En vis kvinna sa till mej en gång: Ånga inte vad du gjort, och gör inte vad du ångrar! Tänk på det så blir allt lättare!" Jag fortsatte.

"Jag har fortfarande inte bjudit dej på den goda whiskyn som jag lovat dej! Skulle det passa nu? Jag har lite nyheter att berätta för dej!"

Arne lyste upp.

"Det passar utmärkt! Är det skvaller så kanske vi ska sitta inomhus!"

"Får jag ta med Rex också?" frågade jag.

"Är det Adolfs hund du talar om?"

Jag nickade.

"Men varför har du den? Vill Adolf inte ha den längre?"

"Jag förstår att Greta inte har berättat något om honom", sa jag. "Det blir nog mycket som vi måste tala om. Hoppas whiskyflaskan räcker till hela berättelsen!" skrattade jag. "Som tur är köpte jag en helflaska! Jag kommer så fort jag satt in mopeden och bytt om!"

Jag satte mig på mopeden och körde sista biten genom byn hem till Rex och mitt eget hus. Nu visste jag vad jag skulle skriva om!